无限近似于
透明的蓝

[日]
村上龙

张唯诚 译

上海译文出版社

不是飞机的声音。是飞在耳后侧的虫子的翅膀声音。比苍蝇还小的虫子在我眼前盘旋了一阵子，飞到黑暗的屋角里不见了。

在反射着天花板的电灯光的白色圆桌上摆着玻璃烟灰缸，一支过滤嘴上沾着口红的细长香烟在缸里燃着。桌子边缘有个洋梨形状的葡萄酒瓶，商标上画着个金发女郎，腮帮子给葡萄塞得鼓鼓的，手拿葡萄串。在倒进玻璃杯的葡萄酒表面，也摇摇荡荡地映出了天花板上的红色灯光。地毯的绒毛很长，桌腿尖儿埋进绒毛里看不见了。房间的正面有一个很大的梳妆台，坐在镜子前的女人脊背汗淋淋的。女人伸腿卷起黑色长筒袜，从脚上拔了下来。

"劳驾，把那里的毛巾拿来，粉红色的，有吗?"

丽丽这样说着，把卷成一团的长筒袜朝我扔来。她说"刚下班回来"，把沾在手上的化妆水轻轻地拍在油光闪闪的额头上。

"那，后来怎样了?"她接过毛巾擦背，看着我问。

"啊，喝了酒，好像消了些气。那家伙还有两个同伴，待在外面的塞德里克车里，都吸了胶水[1]，晕晕乎乎的，又喝了酒。听说他进过少年监狱，真的?"

"是朝鲜人呀，那家伙。"

丽丽卸着妆，用扁平的小块脱脂棉擦脸，渗透在脱脂棉中的液体散发出刺鼻的气味。她弓起背瞅着镜子，取下热带鱼鳍似的假眼睫毛。扔掉的脱脂棉上沾着红色和黑色的污迹。

"阿健拿刀扎了他大哥——多半是他大哥吧——可没死，前不久还往店里来过。"

我透过葡萄酒杯看着电灯泡。

光滑的玻璃球中有暗橙色的灯丝。

"他说跟你打听过我，可不要乱讲。那种怪人别跟他什么都讲。"

丽丽喝干和口红、发刷、各种各样的瓶子盒子一起放在梳妆台上的葡萄酒，在我眼前脱去镶着金银丝线的长裤，肚皮上有一道橡皮裤带印儿。听说丽丽从前干过模特儿。

墙上挂着镶进相框的照片，照片上的丽丽穿着毛皮大衣，她告诉过我那是灰鼠皮的，值好几百万。一个天冷的日子，她打了过量的非洛滂[2]，一张苍白得像死人一样的脸，跑到我房间里来了。她嘴上起了一圈肿疱，身子抖得厉害，门一开就倒了进来。

1　指工业胶水。
2　一种兴奋剂。

记得我抱起她时，她叫我帮她洗掉指甲油，说黏黏糊糊的不舒服。她穿着后背大开的连衣裙，浑身是汗，连珍珠项链都被汗水浸湿了。由于没有除光液，我用稀释剂为她擦去手指和足趾上的油脂。"对不起，店里有点烦心事。"她小声道。我握住她的脚腕，为她擦拭趾甲，那时她在我肩头急急地喘息着，眼睛愣愣地望着窗外的景色。我把手伸进她裙子的下面，一面吻她，一面去脱她的紧身内裤，手碰到了她大腿内侧的冷汗，内裤被我脱到脚尖，那时的丽丽在椅子上大叉着腿，说想看电视。"应该有马龙·白兰度[1]的老片子吧，要不就是伊利亚·卡赞[2]的片子。"沾在我手掌上的带花香的汗水过了好长时间也没有干。

"龙，你在杰克逊家打了吗啡吧，前天？"

丽丽从冰箱里拿出一只桃，一面剥皮一面问我。她盘着腿把身子沉进沙发里。我没有接桃。

"那时候，有个红头发穿短裙的女的，记得吗？姿态优美，屁股也很漂亮。"

"是吗？当时有三个日本女人呢，你是指那个打扮成非洲人模样的？"

从我这里能看到厨房。洗物槽里积着污秽的碗碟，上面爬着一只黑色的虫子，看上去像是蟑螂。丽丽光着大腿，一面拭去滴

1　美国电影演员（1924-2004），代表作有《教父》等。
2　美国电影导演（1909-2003），代表作有《君子协定》《码头风云》等。

在腿上的桃汁一面说着话，趿拉着拖鞋的脚上很清楚地看得见一条条红色和青色的静脉，那皮肤上清晰可见的血管总让我觉得很美。

"果然是撒谎，她没去店里，是旷工。大白天和你们这些人厮混，装病最省事。那孩子也打了吗啡吧？"

"杰克逊怎么会做那种事？他老说女孩子不应该打吗啡，太可惜。那女孩是你店里的吗？挺爱笑，一喝多了就笑。"

"该不该辞了她呢？你怎么想？"

"不过，那女孩挺逗人爱的，是吧？"

"倒也是，屁股很迷人的。"

蟑螂把头扎进糊满番茄酱的盘子，它的背上满是油垢。

我知道蟑螂打烂后会冒出各种颜色的液体，但现在这家伙的肚子里大概是红色的。

以前我打死过一只爬在调色板上的家伙，它的体液呈鲜艳的紫色，那时调色板上并没有紫色颜料，所以我猜想，那颜色八成是红色和蓝色在蟑螂的小肚子里混合而成的。

"后来阿健怎样了？老老实实回去了吗？"

"啊，还是进了屋子，我明确告诉他没有女人，问他喝不喝酒，于是他要了可乐。他吃了迷幻药，迷迷糊糊的，还向我道了歉。"

"真混账。"

"那帮等在车里的家伙欺负一个过路的女人，那女人年纪大得很。"

残妆在丽丽的额上泛着微光。她把吃剩的桃核扔进烟灰缸，从染过颜色后束起来的头发上拿下发卡，开始梳头。她慢悠悠地斜叼起烟卷，烟卷的方向正好顺着头发的波纹。

"阿健的姐姐在我店里干过，那是很久以前，她很精明呢。"

"现在不做了吗？"

"好像回老家了，说是在北方。"

柔软的红发缠在发刷上。丽丽梳理着浓密的头发，突然想起似的站起来，从橱柜上一只银色盒子里取出细长的注射器，把褐色的小瓶对着灯，确认了瓶里液体的量，再把适量的液体吸进注射器，然后蹲下身，把针头扎在大腿上。支撑身体的腿微微颤抖着。也许是针扎得太深了，拔出针头后，一缕血丝流到了膝头。丽丽揉着太阳穴，一面用手拭去从嘴边流下的口水。

"丽丽，针头每次都要好好消毒呀。"

丽丽没回答，躺到屋角的床上，点燃烟，脖子上浮起粗粗的血管，无力地吐出烟雾。

"你也打吗？我这儿还有。"

"今天不打了。我今天也有，还有朋友要来。"

丽丽伸手从床头柜上拿了一本袖珍本的《巴马修道院》[1]读起来。她一面朝翻开的书页上喷烟，一面满脸悠然地扫视着书上的文字。

"丽丽倒爱读书，真稀罕。"

我拾起从搁板落到地上的注射器说。"啊，挺有趣呀。"丽丽回答，声音含混不清。注射器的针尖上沾着血，为了洗掉它，我来到厨房。那蟑螂还爬在洗物槽的碟子上，我团起一张报纸，一面留心着别弄碎碟子，一面把那爬到灶台上的蟑螂砸死了。

"在干什么啦？"丽丽问，她正在用指甲刮去大腿上的血迹。

"喂，快过来呀。"

声音很甜。

蟑螂的肚子里冒出黄色的液体，它的身体沾在灶台的边缘上，触角还在微微动着。

丽丽拉掉套在脚上的内裤，又喊起了我。《巴马修道院》扔在了地毯上。

---

1 法国作家司汤达的小说。

我的屋里充满着酸味，桌上放着记不清何时切开的菠萝，那酸味就是从那儿发出的。

切开的地方泛着黑色，已经烂透了，黏糊糊的汁液积在盘子里。

冲绳[1]在作打海洛因的准备，鼻尖上满是汗水。看着他的样子，我想，正如丽丽说的，这真是个闷热的晚上。在潮湿的床上，丽丽摇晃着懒洋洋的身子，一个劲儿地说："喂，热不热呀？今天真热呀！"

"喂，龙，这海洛因多少钱？"

玲子问。她正在从皮包里取"大门"[2]的唱片。听我回答十美元后，冲绳大声道："嘿，比冲绳便宜呀！"他用打火机烤好注射器的针头，再用浸过酒精的脱脂棉擦拭消毒，最后，为了检查针孔是否堵着，他对着针孔吹气。

"前不久四谷[3]警察署翻修过了，墙和厕所干净得吓人。那当看守的家伙挺能吹，爱开无聊的玩笑，说警察的单身宿舍也没有那里棒，旁边有个马屁精老头听了一个劲儿傻笑，真恶心。"

冲绳眼睛里泛着混浊的黄色。他喝了不少酒，那酒装在牛奶瓶里，一股怪味。来这儿的时候，他已经醉得很厉害了。

"喂，在那边，听说你进了保健所，是真的吗？"我打开包海洛因的铝箔问冲绳。

"啊啊，是被我老爸弄进去的，美国佬的保健所。抓我的是他们的宪兵，所以得首先送到美军的机构里治疗，然后送回来。龙，还是人家美国先进啊。我可真是那样想的。"

在一旁看"大门"唱片封套的玲子插嘴道："龙呀，每天也给我打吗啡怎样？我也想进美国佬的保健所。"

冲绳正在用挖耳勺把铝箔边上的海洛因往中间拨，听了玲子的话就道："胡说，像玲子这样的半吊子是进不去的。我不是说了吗？只有真正的吸毒者才行，要像我这样，两只胳膊全是针眼的真瘾君子才可以进去。那里面有个叫良子的护士，非常迷人，她每天都给我打针呢，像这样，把屁股翘起来，一面看窗外的人打排球什么的，一面由她把注射器'扑哧'一下扎在屁股上。我身

---

1 这里的"冲绳"是作品中的人物名字，下文"比冲绳便宜"等处中的"冲绳"是地名。在原作中，前者用日语片假名拼写，后者写作汉字，翻译时不加区别。
2 以吉姆·莫里森为主唱的美国摇滚乐队。1971年莫里森去世，1973年乐队解散。
3 东京的地名。

体已经不行了，那玩意儿想必缩起来了吧？让良子见了真害臊。像玲子这样，屁股这么大，根本不行。"

听冲绳说她屁股大，玲子小声骂了一句，走进厨房打开冰箱，说是要喝饮料。

"哎，什么也没有吗？"

冲绳指了指桌上的菠萝说："给我来点这个，是故乡的口味吧？"

"冲绳，你真的喜欢烂东西吗？哪里穿来的衣服，难闻死了！"

玲子用水冲淡可尔必思[1]，边喝边说道，一面还把冰块放进腮帮子里滚着。

"我很快就会变成瘾君子的，绝对没错。要中毒中得和冲绳一样，不然结了婚也没劲。两个人都成了吸毒者，住在一起，再一点点戒掉。"玲子说。

"一起去保健所度蜜月吗？"我笑着问。

"嗯，怎么样？冲绳，干吗？"

"那可好啦，就这么办。两个人亲亲热热地并排光着屁股打吗啡，一面说'我爱你'。"

冲绳笑了笑，骂了声"没正经，混蛋"，把一只浸在热水中的大汤勺拿起来，用纸巾擦干。勺子是不锈钢的，把手呈很大的弧

1　日本于1919年创制的乳酸菌饮料的商标名。

形。他用挖耳勺往汤勺中加上海洛因，分量只有火柴头大小。"玲子，你现在要是打喷嚏，我杀了你。"冲绳在一只玻璃吸管的1cc军用注射器上安上针头，玲子点燃蜡烛，冲绳小心翼翼地用注射器往勺子里的海洛因上滴水。

"龙，你又要搞派对吗?"冲绳问。为了让自己镇静下来，他把微微发颤的手指在裤子上擦了擦。

"啊，是受黑人的委托。"

"玲子，你去吗，派对?"

玲子正在把剩下的海洛因重新包进铝箔，听到冲绳问，她朝我望了望答道："嗯。不过，你不担心?"

"药吃迷糊了和黑人睡觉，我可不答应。"

冲绳把勺子放在蜡烛的上方，水溶液很快沸腾起来，勺子里涌起水泡和热气，勺底沉淀着煤一般的污垢。他慢慢把勺子从火上移开，然后像喂婴儿似的把勺子吹凉。

撕着脱脂棉，冲绳向我讲起他在拘留所的事。

"在拘留所，一直没有海洛因，是吧? 我做了可怕的梦，那梦已经回想不起来了，但记得我大哥在梦中出现了。我在家是老四，并没有见着大哥，他是在暴力斗争中被打死的。大哥没留下相片，只有父亲为他画的一张拙劣的画像，放在佛龛里。就是这位大哥在我的梦中出现了，你说怪不? 奇怪呀。"

"那么，你大哥说什么来着?"

"啊，这个也忘啦。"

冲绳把撕得只有拇指大小的脱脂棉浸在已经冷却的液体里，把针头扎进变得又湿又重的脱脂棉，透明的液体发出婴儿吮奶般的微弱声音，一点点地在细细的玻璃管积起来。吸完液体，冲绳用舌头舔着嘴唇，一面轻轻推动注射器，排掉玻璃管中的空气。

"喂，让我打吧，"挽好袖口的玲子说，"我给龙打。在冲绳，我给大家打过哩。"

"不行，你打不行，你弄砸过一百美元呢，'叭'一下就完啦。这可不是捏郊游吃的饭团子，毛毛糙糙不行，不成样子。来，用这个把龙的手绑上。"

玲子噘起嘴，瞪了一眼冲绳，然后用皮绳把我的左腕紧紧扣住。我握紧左拳，粗大的血管立刻鼓了起来。冲绳给我擦了两三下酒精，把湿针头对着鼓起的血管按进皮肤里。我张开紧握的拳，发黑色的血回流到圆管中。冲绳"呀呀呀"地叫着，一面慢慢推动注射器，混合着血液的海洛因一下子进入了我的体内。

"正好一次的量，感觉怎样？"冲绳笑着拔出针头。我的皮肤颤动着，只觉得在针头拔出的瞬间，海洛因已经冲到指尖，沉重的冲击传递到心脏，视线如罩在白雾之中，冲绳的脸看着一片模糊。我捂着胸口站起来，想吸气，但我的呼吸已经紊乱，吸气很困难。我的脑袋木森森的，仿佛被人重击过，嘴干得像在燃烧。玲子抱住我的右肩，想扶住我。我咽下从干涩的牙床里渗出的一点唾液，只觉得一阵恶心仿佛从脚尖涌来，我呻吟着倒在床上。

玲子担心地摇我的肩。

"喂，是不是打多了点？龙，你没打多少。瞧呀，脸色苍白，不要紧吧？"

"打得不多，不会死，不会死的。玲子，快拿洗脸盆来，这家伙肯定要吐。"

我把脸埋进枕头，喉咙干得很，但却不断有唾液溢出嘴唇，每次用舌头舔，都会有一阵猛烈的恶心感从下腹袭来。

我拼命吸气，但只有一点空气吸进身体，那空气似乎并不是通过口腔和鼻孔，而是从胸前的一个小孔中流进来的。我的腰麻木得不能动弹，心脏一阵阵绞痛，太阳穴的血管膨胀着，无规则地怦怦乱跳。闭上眼睛，我觉得恐惧，仿佛自己正在被飞快地吸进一个温暖的旋涡里。我觉得整个身体在被温存地爱抚，又像涂在汉堡包上的奶酪一样正在融化。我的体内分裂成极冷的部分和带有热量的部分，它们回旋着，像试管中的水和油块。热在我的头、咽喉、心脏和阴茎中移动。

我想喊玲子，然而喉咙痉挛着，发不出声。我一直想要一支烟，为此我张开嘴，喊了玲子的名字，但声带只有轻微的震动，只发出一点沙哑声。从冲绳那边传来时钟的声音，那有板有眼的声音听起来有一种奇怪的亲切感。眼睛几乎看不见，只觉得视野右边有摇曳的光，那光线晃眼炫目，宛如水面上的散射，刺得眼睛生痛。

那一定是蜡烛，我想。这时我看到玲子的脸，她注视着我的脸，抓起我的手试了试脉搏。"没死呀。"她对冲绳说。

我拼命张开嘴，抬起铁一般沉重的胳膊碰了碰玲子的肩。"给我烟。"我小声说。玲子把点燃的香烟放在我满是唾液的唇间，转身向冲绳道："来看一下，龙的眼睛像饿鬼一样呢。多可怕呀。他在发抖，多可怜呀。瞧，他都流泪了。"

烟像活物一般抓挠我的肺壁。冲绳伸出手，抬起我的下巴，看看我的瞳孔。"这回危险，这回真厉害，龙的体重再轻十公斤就完蛋啦。"他对玲子说。冲绳的脸看上去是歪的，只有模糊的轮廓，仿佛躺在夏季海滨透过尼龙阳伞看到的太阳。我觉得自己变成了植物，变成了一种安静的植物，像羊齿一样，接近灰色的叶在日阴下奄拉着，没有花，只有包裹在软毛中的孢子飘荡在风中。

灯熄了，我听到冲绳和玲子相互给对方脱衣服的声音。唱机的音量更大了，是"大门"的《Soft Parade》[1]。间或传来身体与地毯的摩擦声，还有玲子屏着气的呻吟。

我的脑海中浮现出一个女人的身影，她正从大楼顶上纵身跃下，脸可怕地扭歪着，眼望着远去的天空。她游泳似的舞动四肢，挣扎着力图重新浮升起来。女人束起的头发在下落的途中散开，

---

1 意为"缺少冲击力的游行"，是"大门"1969年推出的流行音乐专辑。

水藻般地在头顶上飘摇，正在变大的行道树、车、人，在风压下扭曲的唇和鼻，这些情景都浮现在我脑海中，简直就像盛夏一个大汗淋漓的不安的梦。那从大楼上掉下来的女人的动作宛如黑白影片中的慢镜头。

玲子和冲绳起来了，互相给对方拭着汗，重新点燃蜡烛，刺眼的光使我侧过了身子。两人用我这里几乎听不到的低声说着话。痉挛不时地袭来，伴着强烈的恶心，那恶心的感觉像波浪一样地涌来。我咬着嘴唇，抓住被单忍耐着，当积留在头脑中的恶心感顿然消退的时候，我感到了一种和射精一模一样的快意。

"冲绳！你、你滑头！"

玲子高声叫了起来，同时传来玻璃破碎的声音。有个人倒在床上，沉进褥子，我的身体也随之有了点倾斜。另一个人——多半是冲绳——小声骂了句"混蛋"，粗暴地打开门出去了。风吹灭了蜡烛，铁楼梯上传来急步而下的脚步声，漆黑的屋子里只剩下玲子低声的喘息。我忍着恶心，意识渐渐模糊起来。玲子是混血儿，我嗅到了从她腋下飘来的一股甜甜的气息，同腐烂的菠萝味儿一模一样。我想起一张女人的脸。那是一张外国女人的脸，从前在梦中或电影里见到的，很瘦，手脚的指甲很长，她让衬衣慢慢从肩头滑下，在透明的墙壁对面洗着淋浴，水滴从她的尖下巴滴下，她凝视着自己映在镜子里的绿眼睛……

走在前面的男人回头看了看，停下脚步，把香烟扔进水沟里。他的左手紧握一根铝制的丁字拐杖，那拐杖还是新的。男人继续往前走，脖子上流着汗。从那动作看，他的腿是最近才受的伤。男人的右手有些僵硬，走路时脚尖总是尽量往前伸，地面上被他拖出了很长的印迹。

　　太阳正当头顶，玲子一面走，一面脱下罩在外面的夹克，贴身的小衬衣渗着汗水。

　　玲子昨晚上大概没睡好，精神很萎靡。在一家餐馆前，我对她说吃点东西吧，她摇摇头，没有吱声。

　　"冲绳也真够混的。都这个时候了，电车¹也没有了吧。"

　　"甭说了，龙。我已经受够了。"玲子低声说道，扯下一片路边的白杨树叶。

　　"咦？这细线似的东西叫什么来着？就这个，龙，你知道吗？"

　　扯下的半片树叶脏兮兮的，满是灰尘。

"叫叶脉吧。"

"啊，对了，就叫叶脉。我中学时参加过生物部的活动，做过这种标本。有一种药水，名字我忘了，把叶片浸在那药水里，它就变得很白，然后溶掉，只留下叶脉，干干净净的。"

拄丁字拐的男人坐在巴士站的长椅上看着时刻表。站前立着写有"福生[2]综合医院站"的标示牌，左边有家大医院，扇形的大院里有十几个穿单衣的患者在护士的带领下做体操。所有的人脚脖子上都裹着厚厚的绷带，随着哨声运动腰和脖子。医院正门对面的人在看着他们。

"今天我要去你的店子，告诉茂子和阿桂派对的事，她们今天来吗?"

"来呀，她们每天都来，今天也来。龙，我想给你看样东西。"

"什么?"

"标本呀。我收集了各种各样的叶片。在我老家，很多人收集昆虫，那里有漂亮的蝴蝶，比这地方多。可我就做这种叶脉标本，还受到老师的表扬，奖赏我去鹿儿岛。那些标本现在还放在抽屉里珍藏着，想让你看看呢。"

到了地铁站，玲子把白杨叶子扔在路边。站台的屋顶闪着银白的光，于是我戴上了太阳镜。

---

1 指电气列车。
2 东京的地名，有美军的横田基地。

"已经是夏天了，热起来了。"

"啊，什么？"

"我说，已经是夏天了。"

"夏天会更热的呀。"玲子愣愣地望着铁轨道。

我正在柜台边喝葡萄酒。从酒店角落里传来了什么人嚼碎尼布洛[1]药片的声音。

　　玲子早早歇了店。一雄把据说是他从立川[2]的药店里偷来的两百片尼布洛往桌上一撒，对大家道："这个，就算派对前的一点意思啦。"

　　随后有人攀上柜台，一面脱长筒袜一面跟着唱机跳起舞来，大家相互搂着，把带药味的舌头伸进对方的嘴里。我刚才吐了一些，污物中混着赤黑的血，现在躺在沙发上不想动。吉山用手拂着长发，下巴胡子上沾着水滴，正在和茂子说话，那水滴跟着一动一动的。茂子正看着我，对我又伸舌头又眨眼。"喂，龙，"吉山扭过头，冲我笑道，"好久没见啦，没带点礼物来吗？像哈吸[3]什么的？"他双手撑着柜台，趿拉着胶底草鞋，两脚吊在椅子上晃悠着。我烟抽多了，舌头火辣辣的，葡萄酒的酸味儿渗进了干燥的喉咙。"喂，没有再甜些的葡萄酒吗?"我问。阿桂正在跟一雄讲她去秋田当裸体模特儿的事。一雄已经被尼布洛片剂弄得晕乎乎的，一副昏昏欲睡的表情。阿桂嘴对着酒瓶喝威士忌，不时把花生一粒粒扔进嘴里。"俺被绑在舞台上，这活儿够呛呀。喂，一雄，那可是毛毛糙糙的绳子，就这样把俺绑着，你想，够不够呛呀？"一雄根本没在听，手拿照相机对着我，眼瞅着取景器，那是一部据说比他性命还要宝贵的尼康玛特[4]。"什么呀！人家跟你说话，你一点不听怎么行！"阿桂推了一把一雄的背，一雄滚倒在地。"干什么？不要胡来。相机弄坏了咋办？"阿桂用鼻子"哼"地笑了一声，脱光了上身逮着谁就跳贴面舞、吸舌头。

我很疲倦，昨天的海洛因还在起作用，也不想服尼布洛。茂子走过来说："喂，龙，去洗手间怎么样？吉山把我摸湿了呀。"茂子一身红天鹅绒连衣裙，戴着配套的帽子，眼圈上涂着厚重的红粉。"龙，还记得吧？在索尔伊特[5]的洗手间里，你强奸我。"她眼睛湿漉漉的，视线焦点模糊，舌头不时从唇间吐出，声音甜得发腻，"喂，还记得吧？你扯了个大谎，说警察来啦，你来帮我。在那个小洗手间里，你弄得我好怪，忘啦？"

"什么呀，这可是头回听说。"吉山大声道，他正在把唱机的针头放在唱片上，"龙，真有这种事？你也是个色鬼呀！想不到你

1　一种镇静剂。
2　东京的地名。
3　一种用印度大麻提炼的麻药。
4　照相机的品牌名。
5　位于东京新宿的爵士乐餐厅。

这张娘娘腔的脸，也干那种事，真是，头回听说。"我答道："说什么呀，茂子。不要胡说。吉山，这是瞎编的。"唱机里开始放米克·贾格尔[1]的歌，声音很大，是一支很老的曲子：《Time is on my side》[2]。茂子把一只脚搁在我膝上，卷着舌尖儿道："讨厌你扯谎，龙，你不要扯谎呀！那时我来了四回呢。四回呀，我可没有忘。"

玲子脸色苍白地站起来。"现在什么时间啦？几点啦？"她喃喃自语着，跌跌撞撞走进柜台，从阿桂手里拿过威士忌瓶，把酒灌进喉咙，随即猛咳起来。"干啥呀，玲子？你给我老老实实睡着。"阿桂从玲子手里夺回酒瓶，拭去瓶口上玲子的唾液，又喝了一小口。被阿桂当胸推了一掌的玲子碰上沙发就倒，对我说："喂，别弄这么大声，这样不行的。楼上麻将屋老板要啰嗦了，我要挨骂的。那是个阴丝丝的家伙，会给警察打电话。不能把声音再弄小点吗？"

我蹲在唱机边，想把音量调小，茂子发出一声怪叫骑到我身上，凉凉的大腿紧夹着我的头。我听见吉山在我身后道："哎呀，茂子，你这么想和龙干吗？让我来吧，我不行吗？"我抓住茂子的大腿直起身，于是她大叫一声倒下了。"混蛋！变态！龙，你这混蛋！怎么啦，你是阳痿？阳痿了吧？听说你同黑鬼搞同性恋，用

---

1 英国滚石乐队的主唱（1943— ），下文中的"滚石"即指滚石乐队。
2 意为"时间在我这边"。

药用过头了吧?"茂子躺在地上懒得起来，笑着飞出高跟鞋踢我的脚。

玲子把脸埋在沙发上小声说:"啊啊，我想死呀。胸口痛呀。哎呀，胸口痛呀。玲子想死了呀。"正在读"滚石"唱片封套上的文字的阿桂抬起眼睛望着玲子:"你想死吗? 喂，龙，你觉得好吗? 没这么想? 想死的人就去死呗，别絮絮叨叨，死就死呗。做出这种娇贵的样子，无聊呀。"

一雄正用装了闪光灯的尼康玛特给阿桂照相，闪光让懒洋洋地躺在地上的茂子扬起了脸:"喂，一雄呀，我说你别照啦! 没打招呼不要乱照，俺可是职业模特儿，收演出费的。干吗? 拿这闪光的玩意儿多扫兴呀! 俺最烦照相，把你那忽闪忽闪的家伙收起来! 难怪你不讨人喜欢。"

玲子痛苦地呻吟着，身体半躺着，嘴边淌出黏稠成团的东西。阿桂慌忙跑过来，铺好报纸，用毛巾为她揩嘴擦背。那吐出的污物中有很多米粒，大概是傍晚我们在一起吃下的炒饭。报纸上积了淡褐色的一片，反射着天花板上的红色灯光。玲子闭着眼喃喃自语:"想回家，玲子想回家，想回家呀。"吉山扶起茂子，一面解她连衣裙胸口的纽扣，一面和玲子的自言自语打擂台:"行啊，往后，冲绳那地方可是最棒的。"吉山想摸茂子的乳房，茂子推开他的手，抱住了一雄:"喂，给我照张相吧。"她的语气仍是那样娇甜，"我上了《安安》[1]呀，是这一期的模特儿哩，彩色的呀。喂，龙，你看到了吧？"

阿桂把被玲子唾液弄脏的手指在斜纹棉布裤上擦了擦，把唱针放在一张新换的唱片上。是一支叫《It's a beautiful day》[2]的歌。"玲子多娇贵呀。"她说。一雄躺在沙发上，大叉着腿乱按快门，闪光灯每闪一次，我就用手捂一次眼睛。"喂，一雄，不要没完没了，小心电池没电啦。"

吉山要吸阿桂的舌头，被阿桂拒绝了，于是吉山道："怎么啦？昨天你不是说不满足吗？喂猫的时候，你不是对阿黑说'你和我都想男人'吗？亲个嘴也不行吗？"

阿桂不说话，只顾喝威士忌。

茂子正在一雄面前摆姿势，她抚弄着头发，做出微笑的表情。"喂，茂子，现在叫你说茄子，你也不要笑。"一雄说。

阿桂冲着吉山大叫。

"讨厌，不要再来缠俺！俺看到你这张脸就烦！刚才你吃了炸猪排，那是秋田农民的钱，是农民用乌黑的手递给俺的一千元，明白吗？"

茂子伸出舌头，望着我说："最讨厌你，龙是变态。"

我想喝冰水，拿起冰锥敲冰，手指被扎破了。刚才在柜台上

---

1 日本面向年轻女性的杂志。
2 意为"这是美丽的一天"。

对吉山看也不看地跳着舞的阿桂跳了下来。"龙,你已经不弄乐器了吧?"她问,一面吮我的伤口。伤口很小,渗着血。

玲子从沙发上直起身,央求道:"喂,求求你们了,把那唱机的声音弄小点。"但没有人走近电唱机。

我把纸巾按在手指上。茂子走过来,连衣裙胸口的纽扣松着,领口大开。"龙,你从黑鬼他们那里得了多少?"茂子笑着问。

"你指什么?是派对吗?""我是说,你让黑鬼抱我和阿桂,他们给你多少钱?我可不是说三道四呀。"

阿桂坐在柜台上对茂子道:"我说茂子,你住嘴行不行?怎么说这种扫兴话?如果要钱,龙可以给他们介绍更好的。派对又不是为了钱,是给大家找乐子呀。"

茂子手指缠在我胸前的金链子上,含着冷笑问:"这也是黑鬼送的吧?"

"胡说!是我高中班上一个女孩送的。她生日那天,我为她卖力表演,这个是她送的谢礼。她是个大木材商的千金,有钱人的女孩。我说茂子,你不要'黑鬼、黑鬼'的,他们会杀了你,那些家伙听得懂这个词。有意见,你不来就是了。阿桂,你说说看,想来参加派对的女孩多的是,对吧?"

阿桂嘴里含着威士忌点点头。茂子见了,便过来抱住我:"哎呀,别生气啦,开个玩笑嘛。"

"去,一定去。黑鬼有力气,还会给我哈吸,是吧?"茂子说着，把舌头伸进我嘴里。一雄走过来，把尼康玛特凑到我鼻尖底下。"住手，一雄！"我叫道。但几乎同时，他按下了快门。我的头仿佛被人重击了一下，眼前一片雪白，什么也看不见了。茂子拍着手，抑制不住的兴高采烈。我摇晃着靠在柜台上，人快要倒下来了，阿桂扶住我，把口中的威士忌喂进我嘴里。阿桂的嘴唇涂着黏黏的口红，一股油脂的味儿。混合着口红气息的威士忌辣辣地刺激着我的喉头，流进我的身体。

"这混蛋！停，停！"吉山拿起正在看的一本少年杂志敲着地板大叫起来，"阿桂，和龙你就愿意吸舌头了吗？"他走过来，跌跌撞撞的，桌子被绊翻，酒瓶摔碎，啤酒沫喷出来，花生粒儿滚了一地。这声音惊动了玲子，她摇着头坐起来叫道："都给我出去！出去！"我揉着太阳穴，把冰含进嘴里，走到玲子跟前说："玲子放心，我会替你收拾的，不用担心。这是玲子的店呀，我马上对他们说，要他们出去。""啊，龙，龙可以留下来，我是要他们出去。"玲子说着，握住我的手。

吉山和阿桂大眼瞪小眼地对视着。

"你拒绝我，为什么和龙吸舌头？嗯？"

一雄用惴惴不安的语气对吉山说："吉山，是我不好，对不起。我给龙照相玩儿，弄倒了龙。阿桂发现了，就把威士忌当药给他喝了。"吉山推了一雄一把："你给我那边去。"一雄的尼康玛特差点儿摔在地上。"哎，干什么呀！"一雄直咋舌。茂子抓住一雄的胳膊嘟哝道："真野蛮呀。"

阿桂把趿拉着的凉鞋弄得叭叭直响，问吉山："怎么啦，你吃醋啦？"玲子抬起哭肿的眼睛，拉拉我的衣袖："喂，给我块冰。"我用纸巾包了块冰放在她的太阳穴上。吉山直直地站着，瞪着阿桂。一雄冲他按动快门，于是又挨了打。茂子大笑起来。

一雄和茂子过来告辞。"我们要去洗个澡。"茂子说。

"喂，茂子，把胸前的扣子扣好了，小心碰到小流氓。明天，高圆寺检票口，一点钟，别迟到啊。"茂子笑着回答："知道啦，变态！不会忘的。我还要好好打扮了去哩。"一雄跪在路上，又朝我们这边按起了快门。

路边一个唱着歌的醉汉回头冲着闪光灯说了什么。

玲子的身体微微抖着，包在纸巾里的冰块滚到地上，已经快融化了。

"俺怎么想跟你没关系，完全没关系。俺也不是非得跟你睡才行，对吧？"阿桂朝天喷着烟雾，慢悠悠地对吉山说，"一句话，你也用不着瞎埋怨了，再瞎埋怨的话，俺就和你分手。也许你为难，可俺无所谓。不说啦，再来一杯怎样？今天是派对的前夜，是吧，龙？"

我坐在玲子旁边，用手一碰她的脖子，她就身子猛地一抖，不停地从嘴角吐出气味难闻的唾液。

"阿桂，你不要老说'俺'，'俺'呀'俺'的难听死了。别说啦，我明天去上班，这行了吧？"吉山对坐在柜台上的阿桂道，"怎么样？我去赚钱，这行了吧？"

"哎呀，去赚钱吗？这下俺可消停啦。"阿桂晃荡着双脚。

"你要是去找别的男人，我可跟你没完。你满口'俺'呀'俺'的，一副坐立不安的样子，绝对是欲望得不到满足。你要是不这样，我就再去横滨当码头搬运工，怎样？"吉山手抓着阿桂的大腿说。阿桂大腿上的裤子紧绷着，裤腰带深陷在腹部稍显松弛的肌肉里。

"你说些什么呀？不要胡说八道！不害臊。瞧，连人家龙也笑了。说些什么呀，莫名其妙。俺偏说'俺'，就这样。"

"不许说'俺'！真想不起来你什么时候这样说话了。"

阿桂把烟卷扔进洗物槽，拿起脱下的上衣，一面穿一面对吉山道："这样说话可是俺娘传给俺的。你不知道吗，她称自己就用'俺'。啊，有次你到俺家来玩，见到过她吧，在暖炉边和猫一起啃薄饼的那个女人？那就是俺娘。她说起自己来就用'俺'，你没听见吗？"

吉山埋着头。"龙，给我支烟。"他说。我把烟扔过去，烟落到地上，他慌忙拾起，衔在被啤酒弄湿的嘴唇上。"回去吧。"他一面点火，一面平静地对阿桂道。

"你一个人回去，俺不回。"

我给玲子揩着嘴，一面问："明天的派对，你来吗？"

"得啦，龙，这家伙要上班了。这样正好，他不来没关系，是吧？吉山，你快回去吧，早睡早起呀。明天还要去横滨吧？要赶早，是吧？"

"喂，吉山，你真的不来吗？"

吉山没回答，走到屋角处，打算把《Left Alone》[1]这张唱片放上正在转着的唱机。唱片套上印着比莉·荷莉戴[2]幽灵般的画像。阿桂下了柜台，走到正从封套中取唱片的吉山跟前，凑近他的耳朵道："放'滚石'呀。"

"得啦，阿桂，你闭嘴吧。"吉山叼着烟，望着阿桂。

"多蠢呀，还听这种没劲的钢琴曲。老掉牙了呀，就是黑鬼的浪花调[3]呗。喂，龙，你说话呀？这'滚石'是最新的，还没听过吧？叫《Sticky Fingers》[4]。"

吉山一声不响地把马尔·沃尔德伦[5]放上唱机盘。

"阿桂，已经很晚了，玲子不让开大声，'滚石'声音小了又没意思。"我道。

阿桂扣好上衣纽扣，瞅着镜子理头发，一面问："明天怎样安排？"

"高圆寺，一点钟在检票口。"我回答。阿桂一面抹口红一面

1　意为"不去理他"。
2　美国黑人爵士乐女歌手（1915—1959）。
3　日本的民歌曲调。
4　滚石乐队1971年发行的唱片，意为"痛苦的爵士乐钢琴师"。
5　美国爵士钢琴手（1925—2002）。因专为比莉·荷莉戴伴奏而闻名。

点头。

"吉山，今天俺就不回公寓啦，到沙姆那里去。你别忘了给猫喂牛奶呀，不是冰箱里的牛奶，是放在架子上的，别弄错啦。"

吉山没搭腔。

阿桂打开门，一股潮湿的冷空气流进屋来。"喂，阿桂，让门开着，敞一会儿。"我说。

吉山一面听着《Left Alone》，一面往玻璃杯中倒杜松子酒。我拣起散在地上的玻璃碎片，放在被玲子呕吐物打湿的报纸上。吉山愣愣地望着天花板。"不好意思，"他嘟哝道，"她近来老这样，去秋田干活以前也这样。夜晚我们各睡各的，尽管我并没有干什么。"

我从冰箱里拿出可乐，吉山摆摆手，表示不要，一口把杜松子酒喝干。

"那家伙说想去夏威夷。好久以前，她说她父亲可能在夏威夷，这话你听说了？我自然也想存钱让她去。哼，那个在夏威夷的家伙，天知道是不是她父亲。我打算去上班存些钱，可如今一切都乱了套。也不知道那家伙是怎么想的，整天就这个样子。"

吉山话音一落，便捂着胸口急急忙忙跑出屋子，外面传来他对着下水道呕吐的声音。玲子这回真是睡着了，她用嘴呼吸着。我走进用窗帘隔成的靠里头的杂物间，拿出毛毯给她盖上。

吉山捂着肚子回来了。他用袖口揩着嘴，皮拖鞋的鞋尖上沾着黄色的污物，浑身散发出一股酸甜味儿。屋里能听到玲子轻微的鼻息。

"吉山，明天的派对你要来呀。"

"啊啊，阿桂是高兴去的，她还说想同黑人干呢，我无所谓。今天玲子怎么啦，这么大脾气？"

我在吉山对面坐下，喝了一口杜松子酒。

"昨天在我那里和冲绳吵架了。玲子针又没有打好，大概是太胖，血管不好找，于是冲绳一气之下全打了，连玲子的一份也打了。"

"这两个家伙真够混的，你也在场吧，就傻看着不管吗？"

"哪里，我先打的，打完后就软瘫在床上了。我以为要死了呢，可怕。稍微打多了点，可怕呀。"

吉山把两片尼布洛溶进杜松子酒喝起来。

我感到饿，但什么也不想吃，只想喝酱汤，可看看煤气灶上的锅，里面满是灰色的霉菌，豆腐黏糊糊的，已经腐烂了。

"我想来杯咖啡，要多加奶。"吉山说。于是我忍着酱汤刺鼻的味儿，把咖啡倒进壶里热起来。

牛奶满满地倒进杯中，吉山双手拿稳杯子，送到嘴边。"烫！"他叫起来，嘴一噘，肚子里各种各样的颗粒状污物像水枪喷水似的喷在柜台上。

"见鬼，还是喝酒得了。"吉山说着，一口喝干残存在杯中的杜松子酒，轻轻地咳起来。我给他擦背，他回过头，歪着嘴道：
"你真好。"吉山的脊背又黏又冷，一股酸味。

"后来我回了富山[1]，玲子对你说过吧？去你那儿以后，我娘
死了，听说过吧？"

我点点头。吉山的杯子又注满了杜松子酒。甜得过头的咖啡
把我苦涩的舌头刺激得更加感觉迟钝了。

"实际碰到死，会有一种奇怪的感觉，从未有过的感觉。你家
里的人都健康吗？"

"健康着呢。他们担心着我，来了不少信。"

《Left Alone》最后一曲结束，唱机继续转着，发出布匹撕裂
般的声音。

"阿桂要我带着她，自然是去富山，她说不愿意一个人待在公
寓里。那种心情，难道我不理解？可住旅馆很贵的，光住宿费就
两千元呢。"

我关掉唱机。玲子的脚从毯子下伸出来，脚底满是黑色的
污垢。

"葬礼那天，阿桂打来电话，说她寂寞，要我回去一下。我说
不行，哪有这种时候回去的道理。她说那就自杀，我吓了一跳，
于是去了旅馆。屋里很脏，六铺席[2]大的房间，壁龛里放着一台

1　日本的县名。
2　日本房间多以榻榻米铺席来计算面积，一铺席约合 1.8 平方米。

旧收音机。她正在听广播，抱怨这地方收不到 FEN[1]，可富山本来就收不到美军广播的。她问了很多我娘的事，全是些蠢话。她脸上堆着古怪的假笑，叫人很不愉快，真的。她问我娘死的时候表情如何，装殓的时候是否化了妆。我回答化了妆，她又问化妆品是哪个厂家生产的，是蜜丝佛陀、露华浓，还是佳丽宝。这种事，我怎么知道？于是她抽抽搭搭地哭起来，说什么太寂寞了。"

"不过我倒能理解阿桂的心情，那种时候，待在旅馆里很寂寞。"

砂糖沉到咖啡底部，我无意间喝了进去。砂糖黏糊糊的，像在嘴里贴了一张膜，我直想吐。

"哪里，这我也能理解。可虽说理解，那毕竟是自己老娘去世的日子呀。她又是唠叨又是哭，完了后又从壁橱里拿出被褥，脱光衣服。你想想，我刚刚送走死去的娘，现在又被一个赤裸裸的混血女人抱着，真有点……龙，你明白吧？抱着倒是不坏，只是有点、有点那个。"

"结果什么都没干吗?"

"自然都没干。阿桂抽抽搭搭地哭，我自己也很害臊。啊，那很像一部电视剧里的情景，好像是 TBS[2] 还是什么地方播过的。

---

1 美国远东广播网。
2 东京广播公司。

当时的感觉就像我在演那部电视剧，又怕隔壁房间听见，臊得慌。也许那时阿桂就有想法了，毕竟那以后我们就闹起别扭来了。"

屋里只听见玲子的鼻息，沾满尘土的毯子随着玲子的呼吸一起一伏。敞开的屋门外不时有醉汉朝里张望。

"后来，我们的关系就不正常了。吵架是一直就有的，但打那以后，我们之间的气氛就不同以往了，有些不对劲儿。去夏威夷的事老早就提出来了，而且一直在商量，可她今天又这样，你看到了吧。告诉你，女人不好缠，还不如去土耳其呢。"

"你母亲是生病死的吗?"

"算是吧。她的身体完全垮了，眼里堆满了疲劳，死的时候身体比过去瘦小了许多。咳，老娘多可怜啊，虽然我与她的关系已经形同路人，但我真的很可怜她。

"你知道富山的药贩吗? 老娘干的就是那种行商，我小的时候经常跟着她到处转，一早起来便背上冰箱那么大小的行李到处走。知道吗? 我们在全国都有老主顾，有一种我们送给客人的纸气球，吹了气就鼓起来的玩意儿，知道吧? 那时候我老玩那个。

"现在想起来多么奇怪啊，那样的东西我经常一玩就是一整天，假如是现在，我早就厌倦了。当时想必也厌倦了吧，因为现在回想起来，一点也不觉得好玩。有一次，我在一家旅馆里等老娘回来，屋里的灯泡坏了，可直到太阳西沉屋里暗了下去我才察觉，我本应告诉旅馆的人，但我没有，我害怕别人知道我没有去上小学。我走到屋角，望着从路上漏进屋来的一点灯光，那情景至今难以忘怀，多可怕呀。狭窄的道路，充满鱼腥味儿的镇子，那究竟是什么地方来着？整个镇子全是鱼腥味儿，什么地方呢？"

远处传来汽车驶过的声音，玲子不时发出含糊的梦呓。吉山又去了外边，我也跟了出去，我们并排对着水沟呕吐起来。我用左手扶住墙，右手指扎进喉咙深处，腹部的肌肉立即痉挛起来，热乎乎的液体一涌而出。胸部和腹部的呕吐感每涌上来一次，我的喉咙和口腔就积起一次酸酸的团块，用舌头一顶，牙床一阵麻痹，那颗粒状的污物便倾泻到了水中。

返回店里的时候，吉山这样对我说：

"啊，龙，这样一吐，体内那不安分的感觉终于又涌动了，对吧？眼睛也模糊了，偏是这种时候，就偏要女人，虽说有了女人也硬不起来，叉腿什么的也嫌麻烦，但还是要女人，不仅那家伙和脑袋想，身体里面更是躁动不安。你觉得呢？我的话，你明白吗？"

"哎哎。你是说，不但想睡女人，更想杀女人，对吧？"

"对呀对呀，就是这样。在银座之类的地方，遇到街上行走的女人，把脑袋这样用力一夹，飞快地剥光衣服，然后拿棍棒扎进屁股里去。"

走进店里，正碰上玲子从洗手间出来。"啊，回来啦。"玲子的声音带着睡意，裤子的前部敞开着，紧身内裤的腰部紧陷在肉里。

玲子一副要倒下的样子，我赶紧跑过去扶住她。

"龙，谢了，总算安静啦。"玲子垂着头说，"喂，请给我水。嗓子眼里黏糊糊的，水。"在我砸冰的时候，吉山把重新躺倒在沙发上的玲子剥光了。

尼康玛特的镜头里映出阴暗的天空和变得很小的太阳。我向后退，想让脸映入镜头，于是撞在了刚刚赶到的阿桂身上。

"龙，你在干什么呀!"

"怎么回事？你到得最晚，迟到可不行。"

"巴士上有个老头吐痰，司机指责了他，还特意停下车，两人涨红了脸吵。这大热天的，也真是。"阿桂道，"大伙呢？"

吉山呆坐在路边，满脸睡意。阿桂笑道："哎呀，吉山，今天你不是要去横滨吗？"

玲子和茂子终于从地铁站前的西服店里出来。行人纷纷回头看玲子，她穿着新买的印度女服，红绸料子拖到脚踝，上面缀了许多小而圆的亮片。

"又买了件衣服，多新潮啊。"一雄笑着举起尼康玛特。

阿桂凑到我耳边，浓郁的香水味扑鼻而来。"喂，龙，玲子也真混，这么胖，怎么买这种衣服呀。"

"这不好吗？想必是想换换心情。她很快就会穿厌的，到时候你接着穿，一定很合适。"

玲子四下望了望，小声对大家道："玲子好吃惊呀。茂子当着店员的面干那个，一下子全塞进提包里了。"

"什么呀，茂子，你又偷上啦？吃迷幻药了吧？这种事做多了要被抓住的。"吉山说。巴士排出的废气使他紧皱着眉。

茂子在我面前伸出胳膊："这香水好闻吧，迪奥的呀。"

"迪奥当然好，但干这种事不要太过，会麻烦大家的。"

吉山和一雄去买汉堡包，三个女孩子靠在检票口的栏杆上，把化妆品借过来借过去地摆弄着。她们把脸抹得厚厚的，翘着嘴唇，眼瞅着粉盒中的小镜子，来往的行人都奇怪地打量她们。

一位年长的站务员笑着问玲子："小姐穿得多漂亮呀，去哪儿呀？"

玲子描着眉等站务员检票，表情认真地回答："派对，我们这是去参加派对哩。"

香炉放在奥斯卡房间的中央，一团拳头大小的哈吸在香炉里燃烧着。每做一次呼吸，那蒙蒙的烟雾便不由分说地钻进我的胸膛，不过三十秒，我便完全迷糊了，陷入到错觉中，仿佛黏糊糊的内脏通过浑身的毛孔爬了出来，而别人的汗水和呼出的气息则进入到了我的体内。

尤其是下半身，宛如正浸泡在黏稠的沼泽中发烂。感觉痒痒的。很想衔别人的器官，饮别人的体液。大家吃堆在盘子里的水果，喝葡萄酒，在这个过程里，整个屋子开始溢满热气，使人渴望剥去身上的皮肤，渴望把那些滑溜溜油腻腻的黑人肉体放进体内摇摆晃荡。点缀着樱桃的乳酪派，滚动在漆黑手掌上的葡萄，煮过后冒着热气、不时还蹬动一下的蟹脚，清澄的淡紫色美国产甜葡萄酒，表面覆盖着颗粒的、看上去像死人手指的西洋泡菜，像女人的唇和舌一般重叠着的面包和熏肉，从色拉上垂下来的粉红色蛋黄酱。

阿桂攀上桌子，像西班牙舞女似的扭起屁股来。蓝色的频闪灯在天花板上旋转明灭，音乐是路易斯·邦法[1]舒缓的桑巴舞曲。她剧烈地抖动身体。

"谁要干俺，快来吧!"阿桂用英语这么一叫，几只黑色的胳膊就伸过来了。阿桂被拉倒在沙发上，衬裙扯破了，一些半透明的黑色小布片飞向空中，又飘舞着落下来。"瞧，多像蝴蝶呀。"玲子接住一片说。她正在往达赫姆那家伙上涂黄油。鲍博高喊着把手插进阿桂的大腿间，于是屋里充满了尖叫和刺耳的笑声。

三个日本女人分布在房间的各处，我一面看她们扭动身体，一面喝薄荷酒，吃涂了蜂蜜的椒盐饼干。

玲子被萨布洛轻轻抱起来，像给婴儿把尿似的分开腿压到自己的肚子上。萨布洛巨大的左手捏住玲子的脖子，右手把玲子两只脚腕一并抓住，把她的体重全部压到他那家伙上。玲子叫痛，手"啪嗒啪嗒"地舞动着想离开萨布洛，但无济于事，脸色渐渐苍白起来。

萨布洛用日语道："哭呀，再大点声哭。""上帝啊，这可真带劲。"鲍博和达赫姆这样说着。玲子大哭起来，活像身体着了火，她咬自己的手指，抓自己的头发，眼泪没流到脸颊就被离心力抛了出去。我们的笑声也高昂起来，阿桂翻动着熏肉喝葡萄酒，萨

---

1 巴西吉他演奏家、作曲家（1922-2001）

布洛喘着粗气，减慢旋转速度以配合路易斯·邦法《黑色奥尔佛》的旋律。我调小唱机音量，自己也跟着唱起来。阿桂一直趴在地毯上放声大笑。玲子还没哭够，手指上的牙印渗着血，不时从腹底发出狮子般的吼叫。"啊啊，我憋不住啦，让这女人滚开！"萨布洛用日语说，同时把玲子猛地往旁边一推，"滚开，你这头猪！"玲子吓得肚子猛一抖拉出尿来。阿桂慌忙把报纸塞到玲子屁股下。"瞧瞧，多丢人呀。"阿桂拍拍玲子的屁股尖声笑起来，扭着身子满屋子跑。

我一直在想这里究竟是什么地方。我把撒在桌上的葡萄扔进嘴里，娴熟地用舌头去皮，把核吐在盘子上，忽见阿桂叉着腿在冲我笑。茂子在奥斯卡身上摇着身子，杰克逊迷迷糊糊地起身，脱了制服，按灭细薄荷烟，走到茂子那儿把一只褐色小瓶打开，香气扑鼻的香水"啪嗒啪嗒"滴在她屁股上。杰克逊叫道："喂，龙，把我衬衣里的白软膏给我拿来。"奥斯卡固定住茂子的手，杰克逊给她抹上弗尔可特[1] 软膏。茂子惊叫："好冷！不要啊！"杰克逊抓住茂子的屁股托起来，然后给自己也抹上，开始干了起来。茂子弓着背发出凄厉的叫声，阿桂见了走过来说："呀，好玩。"茂子哭着撅起屁股，阿桂抓住她的头发看她的脸。"待会儿要给你涂薄荷软膏的，茂子。"她和奥斯卡吸着舌头大笑起来。我拿起袖

---

1 一种类固醇外用药，用以抑制炎症引起的红肿，舒缓痛痒。

珍照相机，镜头朝上拍下了茂子扭歪的脸，她的鼻子剧烈地抽动，活像正在最后冲刺的田径运动员。玲子向淋浴室走去，她张着嘴，视线飘忽，踉跄了几次跌倒在地。我抓住她的肩想扶她，她把脸凑近我说："啊，龙，快帮我。"她的身体发出奇怪的气味，我跑进洗手间呕吐起来。玲子坐在瓷砖地上洗淋浴，睁着发红的眼睛，也不知在看什么。

"混蛋，玲子，你要淹死的。"阿桂关掉淋浴器，把手伸进玲子的胯间，看到玲子吓得跳起来，阿桂"嘎嘎"地笑了。"啊，是阿桂么。"玲子抱住阿桂和她吻起来。我一直坐在洗手间里，阿桂朝我招手："喂，龙，凉凉的挺舒服呀。"我觉得身体表面是凉下去了，里面却更热了。玲子拉住我潮湿的头发，像婴儿渴望乳头般地找到我的舌头用力吸起来。鲍博指尖上滴着汗进了淋浴室："女人不够呀！龙，你这混蛋，一个人倒占了俩。"

他拍拍我的脸，把我们湿淋淋地拖进屋里，按倒在地上。玲子像传橄榄球似的被抛到了床上，鲍博跨到她身上。玲子嘴里说着什么想反抗，手脚却被萨布洛按住，嘴里塞了面包块，喉咙颤动着，憋得喘不过气来。唱机的音乐变成"奥西比萨"[1]。"喂，玲子，"趴在桌上的阿桂道，"这乳酪派好吃吗？""啊，肚子正闹腾着呢，像吞了生鱼一样。"玲子回答。我爬上床想给此时的玲子照

---

1 1969 年成立于伦敦的非洲乐队，70 年代在北美和欧洲为非洲音乐赢得了广大乐迷。

相，鲍博龇牙咧嘴地推了我一把，我滚下床，撞在茂子身上。

"茂子，不要紧吧，痛吗？""已经没有感觉了呀，龙，没有感觉了呀。"

茂子合着"奥西比萨"的旋律摇动着。阿桂坐在杰克逊的膝上，一面喝葡萄酒，一面说着什么。杰克逊用熏肉擦阿桂的身体，然后又洒上香草香水。"噢，宝贝！"有人用沙哑的声音这样叫着。红地毯上散落着各种各样的东西：内裤和烟灰，面包屑、生菜屑、土豆屑，各种颜色的毛，沾血的纸，平底酒杯和瓶，葡萄皮，火柴，污秽的樱桃。茂子踉跄着站起来，走近桌子道："啊啊，肚子饿扁啦。"

茂子脸挨着桌面啃起螃蟹来，活像快饿死的小孩。她喘着粗气砸蟹壳，牙齿"格格"响着咬碎红色的壳，用手取出白色的肉，在盛着粉红色蛋黄酱的碟子里浓浓地一蘸放在舌头上，也不管蛋黄酱"吧嗒吧嗒"滴上胸口。螃蟹的气味溢满整个房间。玲子还在床上叫着。达赫姆从身后把茂子的屁股顶得抬了起来，她手拿螃蟹脸一扭身子一晃，葡萄酒没等喝下就灌进了鼻子，呛得直流眼泪，阿桂见状大笑起来。屋里响起詹姆斯·布朗[1]的歌声。玲子爬近桌子，一口喝干薄荷酒。"好喝！"她大叫道。

---

1 美国黑人灵乐歌手（1933－2006），被称为"灵乐的教父"。

"我不是说过多次吗？不要和杰克逊搞得太热乎。他被宪兵盯上了，说不定什么时候会被抓起来的。"

电视里一个年轻男人在唱歌，丽丽关掉电视说。

"到此为止吧。"奥斯卡说。他打开阳台的门，令伤口生痛的凉风吹进屋里，它使我联想到那种清新的风，那种能令我的心脏也为之冻结的风。

当大家裸着身体筋疲力尽的时候，鲍博的情人塔米撞了进来。塔米要打鲍博，阿桂上前劝阻，于是塔米和阿桂大打出手。塔米的哥哥是出了名的无赖，塔米要去她哥哥的办事处，大家只好把她带到丽丽那里，想让丽丽从中斡旋，因为听说丽丽和塔米是朋友。刚才塔米还坐在那沙发上喊着要杀了鲍博。她腹部的一侧被阿桂抓出了伤痕。

"我多次对你们说过吧，不要把不知横田[1]底细的小崽子弄来。这回要不是我，你们打算怎么办？龙也难脱干系，塔米的哥哥不好对付呀。"

丽丽把漂着柠檬的可乐喝了一口递给我，梳头，换上黑色女长睡衣，很烦躁地刷牙，又含着牙刷在厨房里打非洛滂。

"啊啊，对不起，丽丽，消消气吧。"

"得啦，反正明天还得折腾。跟你说另外一件事吧，我店里有个招待，横须贺[2]的孩子，问我买不买墨斯卡灵[3]。怎样，你想买吗？"

"多少钱？是胶囊吗？"

"这我不知道，说是五美元，买点怎样？"

丽丽的阴毛也染了和头发一样的颜色。"染那地方的药日本没有，我都用丹麦寄来的。"丽丽曾对我这样说。

透过耷拉在眼睛上的头发，我望着天花板上的电灯泡。

"喂，我又梦见龙了呀。"她用左手勾住我的脖子。

"又是在公园里，我骑着马，是吧？这我听过。"

我用舌头描着她刚刚长出的眉。

"不对，这回的梦是新的，接在公园那个梦的后面。我们去了

---

1 即横田基地，位于东京都福生，美军驻远东和太平洋地区的第五空军司令部所在地，本书的故事就发生在横田附近。
2 位于日本东京湾口的城市，有美军基地。
3 一种致幻剂。

大海，在美丽的海边，宽阔的海滩上只有我们俩。

"我们游泳，在沙滩上玩，我们能看见海对面的城市，那么遥远的城市按说是看不见的，可是我们竟看清了城里人的脸，于是我想，这还是在做梦吧。开始的时候，那城里的人们正在过节，好像是个外国的节日，可过不多久，战争便开始了，城里炮声隆隆，战争真的来了。那城市虽然离我们很远，我们却看见了士兵和战车。

"在沙滩上，我们俩望着这一切。龙和我，呆呆地，就这样望着。啊啊，那里爆发战争了，龙说。是呀，我也这样回答。"

"奇怪的梦呀，丽丽。"

床是潮湿的，枕头里冒出的羽毛扎着我的脖子，我拔出一小根抚弄着丽丽的大腿。

屋里有点暗，模糊的光线从厨房那边射进来。丽丽还睡着，卸掉指甲油的小手搁在我的胸口，呼出的气息吹到我的腋下，感觉凉凉的。天花板上吊着椭圆的镜子，我们裸着的身子正映在那镜子里。

　　昨晚做爱后，丽丽面色苍白，毒瘾发作，又注射了一针。

　　"分量越来越大了呀，往后不慢慢减少会中毒的。"

　　丽丽确认了剩下的药量说。

　　当丽丽在我身上摇动身子的时候，我看着她那扭动的细腰，想起她给我说过的梦，更想起了一张女人的脸。

　　那是在一个围着铁丝网的广袤的农场里，太阳已经西沉，一个消瘦的女人正在铁丝网旁边挖坑。年轻的士兵端着枪，枪尖上着刺刀，刺刀下的女人埋着头，正在用铲刀挖土，旁边放着一个装满葡萄的桶。女人的头发垂在脸上，不时用手背拭着汗水。当丽丽在我身上喘息的时候，我的脑海里就浮现出了那个女人的脸。

潮湿的空气从厨房那边流过来。

好像在下雨，窗外呈现出雾蒙蒙的乳白色。我发现大门虚掩着，大概昨天我们醉了，睡前忘了关门。厨房的地上滚落着一只高跟鞋，细长的鞋跟倒向一边，包着鞋尖的硬皮呈现出光滑的曲线，仿佛女人身体的一部分。

从这里透过大门狭窄的空间望出去，我能看到丽丽停在外面的黄色大众牌汽车，车身上滚满鸡皮疙瘩似的雨滴，变得沉重的水珠像冬天的虫子一般顺着车身慢慢往下滑。

人们像影子似的在门口闪过，有推自行车穿蓝制服的邮递员，几个挎着书包的小学生，一个牵着大猎犬的高个子美国人。

丽丽猛吸一口气翻转身，发出轻轻的呻吟，身上的薄毛毯滑落到地上。她后背沾着长长的Ｓ形发丝，腰窝上积了不少汗。

地上丢着丽丽昨天脱下的内衣。它团成一团扔得远远的，看上去像地毯上的烧痕或者污迹。

门已经开了，一个挎黑包的日本女人正站在门口朝屋里打量，戴着印有公司标记的帽子，藏青色上衣的肩头湿漉漉的。大概是煤气抄表员吧，我想。不一会儿，她的眼睛适应了屋里的黑暗，看到了我。她想说什么，又似乎改变了主意，退到了门外。我光着身子，正在吸烟，女人又望了我一眼，歪着头，满脸疑惑地拐向右边消失了。

门缝又大些，两个小学女学生从门口走过，她们张开手臂说着话，脚上穿着红色的长筒胶靴。一个身着制服的黑人士兵走过去，他边跑边跳着避开地面的泥泞，活像一个闪开防守队员的投篮手。

丽丽的车子停在一幢黑色墙壁的小房子前。车子涂漆已经斑驳，车身上写着橙黄色的"U—37"。

黑色墙壁那部分映衬着细细的雨丝，它清楚地告诉我雨正在下着。屋顶上的天空压着厚重的云，那云仿佛是用灰色颜料一层层涂抹出来的。在那有限的长方形视界中，这部分天空最为明亮。

厚重的云正在孕育热量，它使空气变得潮湿，使我和丽丽汗流浃背，也使被单黏糊糊的满是皱褶。

狭窄的天空划过一条倾斜的细黑线。

我想，那可能是电线，要不就是树枝。然而雨变得大起来，那线很快就看不见了。路上的行人慌忙撑开伞跑起来，泥泞的地面转眼变成了水洼，波纹相继泛起，并扩散开去。一辆白色的大汽车淌着雨水，挨着路边慢慢驶过，车里坐着两个外国女人，一个对着后视镜重新戴好扣在头发上的发网，开车的那个女人眼睛注视前方，鼻子几乎挨在挡风玻璃上。

两个女人都在干涩的肌肤上化了浓妆，活像撒了一层粉。

一个舔着冰淇淋的小女孩走过去又折回来，朝屋里张望，柔软的金发紧贴在头上。厨房的椅子上搭着丽丽的浴巾，女孩取过浴巾，擦起身子来。她舔着沾在手指上的冰淇淋，打了一个喷嚏，然后抬起头，这时她发现了我。我拾起毛毯盖在身上，向她摆手，她微笑着指指外面，我把手指放在嘴唇上，示意她不要弄出声。我看了看丽丽，歪着头把手掌贴在颊上，意思是说"她睡着哪"，然后再次把手指放在嘴唇上朝她笑笑，表示"所以要安静呀"。女孩拿冰淇淋的手指向屋外，似乎想说什么。我手心朝上，瞧瞧上方，做出发现下雨时的样子。女孩摇着湿漉漉的头发点点头，跑到外面，随即又浑身湿淋淋地返回屋里，手上拿着一只滴水的胸罩，似乎是丽丽的。

"丽丽，下雨啦！外面晾着衣物吧，起来呀！丽丽，下雨啦！"

丽丽擦着眼睛坐起身，用毛毯捂住胸口看着那女孩。"啊，沙莉呀，你怎么啦？"丽丽问。

女孩把手里的胸罩扔过来。"Rainy[1]。"她大叫一声，和我对看一眼，笑了起来。

---

1 意为"被雨水打湿的（胸罩）"。

玲子裹着毛毯躺在厨房的地板上，阿桂和吉山睡在床上，一雄躺在音响旁，手里仍紧握着那架尼康玛特牌相机，茂子抱着枕头俯身睡在地毯上。

茂子背上的汗很黏稠，散发出气味，那气味同性器中溢出的黏液味毫无二致。

茂子睁开眼睛冲着我笑，一只眼睛还留着假眼睫毛。我把手伸进她的屁股，她翻转身呻吟起来。

茂子的胯间黏糊糊的，我用柔软的纸为她擦拭，手指一伸进去，她的光屁股便抬了起来。

阿桂醒了。"昨天，你是在梆梆女郎[1]那儿睡的吗？"她问。

"混蛋，不准说梆梆女郎。她不是那种女人。"我说，一面打死了一只来回乱飞的小虫。

"啊，你怎么说都行。龙，要注意别染上病。我听杰克逊说，这一带得了病的家伙可惨哩，一点点烂掉的呀。"阿桂开始泡咖啡，她只穿着一件内裤。茂子伸出手说："喂，给我支烟，我要薄荷味的萨莱姆。"

"茂子，这烟叫塞拉姆，不是萨莱姆。"一雄坐起身纠正茂子。

吉山揉着眼睛，冲厨房里的阿桂大叫一声"别给我加奶"，然后转身冲着手指还留在茂子屁股里的我说："昨天你们在楼上荒唐的时候，我得了同花顺子，真的，是红心同花顺子。喂，一雄，你可以作证吧。"

一雄没回答，用带着睡意的嗓音道："我的闪光灯哪里去啦？谁藏起来了吗？"

1　日本在二战后出现的以美军士兵为对象的街娼。

杰克逊又要我像以前什么时候做过的那样化上妆，他说："龙，那次我还以为是费·唐纳薇[1]来了呢。"

　　萨布洛穿一件银色的女式睡衣，是从一个职业脱衣舞女那里得来的。

　　在我们集中到奥斯卡的房间之前，来了一个我从未见过的黑人，放下近百粒不知名的胶囊去了。我问杰克逊这人是不是宪兵或厚生省[2]的缉毒官员，杰克逊摇摇头笑道："他是绿眼人。"

　　杰克逊说："大概是因为他长着绿眼睛吧。谁也不知道他的名字，据说他从前当过高中老师，是不是真的也不知道。绿眼人疯了，没人知道他住在哪里，有没有家，只知道这家伙比我们资格老得多，来日本好像也早得多。他是不是很像查尔斯·明格斯[3]？大概听说过龙的事，是为你而来的。他没对你说过什么吗？"

　　"只能给这些。"那黑人做出很害怕的表情说，眼珠骨碌碌地往屋里转了一圈，然后逃也似的回去了。

即使看到光着身子的茂子，黑人的神色也没有改变。阿桂挽留他"再玩一下呀"，他只是嘴唇动了动，什么也没说。

黑人对我说："什么时候，你也会看到黑鸟的。还没看到过吧？你能看到黑鸟。你长着那样的眼睛，和我一样。"说完握了我的手。

奥斯卡要我们把那药扔了："这胶囊绝对不能用，绿眼人发过泻药。"

杰克逊给军用注射器消了毒，说他是卫生兵，注射的行家里手。我第一个让他打了海洛因。

"龙，跳起来。"杰克逊拍拍我的屁股说。

我站起身瞅镜子，里面映着我的身影，由于茂子细致入微完美无缺的化妆，我已经变得判若两人了。萨布洛递给我香烟和人造玫瑰，一面问我用什么音乐。我回答"舒伯特"，大家都笑起来。

眼前弥漫着甜甜的雾，脑袋木森森的。慢慢移动手和脚，我感到关节仿佛上了油，那油滑滑的，在整个身体里流动。随着一次次的呼吸，我渐渐地忘了自己，各种各样的东西从身体里一件件冒出来，我觉得自己变成了偶人。甜甜的空气充满屋子，香烟

---

1 美国电影女演员（1941－　）。
2 日本负责社会福利、保险和公共卫生的省（部），2001 年改称厚生劳动省。
3 美国爵士乐演奏家、作曲家（1922—1979）。

抓挠着我的肺。

自己是偶人的感觉越来越强了。只要照他们说的去做就行，我这样想着，觉得自己成了最幸福的奴隶。鲍博嘀咕了声"erotic[1]"，杰克逊要他安静，奥斯卡关掉所有的灯，只把一束橘黄的光打在我身上。我不时把脸扭歪，表情恐惧，眼睛大睁，身体颤抖，叫喊，低声喘息，舔手指上的果酱，饮葡萄酒，抓头发，笑，还横眉立目地吐出咒语。

我叫喊着念吉姆·莫里森[2]的诗。

"音乐终结的时候，音乐终结的时候，熄灭所有的灯。我的兄弟生活在海底，我的妹妹被杀了。就像把鱼丢上岸剖开肚子，我的妹妹被杀了。音乐终结的时候，熄灭所有的灯，所有的灯。"

我模仿让·热内[3]小说中出现的那些优雅男人，让唾液在嘴里回旋，变得白而混浊，像糖稀一样地积在舌头上。我摩擦双脚，抓挠胸膛，腰和脚尖变得黏糊糊的，鸡皮疙瘩疾风般地覆盖全身，浑身脱力。

弯下膝，我抚摸一个黑女人的脸和她那涂成银色的长长的足趾，那女人坐在奥斯卡旁边，浑身是汗。

萨布洛带来一个胖得蓬蓬松松的白种女人，她情欲正浓，眼

1　意为"色情的"。
2　美国摇滚乐歌手（1943—1971）。
3　法国小说家（1910—1986），主要作品有《小偷日记》等。

睛湿漉漉地望着我。杰克逊给玲子打了海洛因，是从手背打进去的，大概是疼痛的缘故，玲子的脸痉挛着。黑女人不知喝了什么，已经醉了，她撑起我的腋，扶我站起，自己也站起身来开始跳舞。达赫姆又往香炉里加了哈吸，紫色的烟升起来，阿桂蹲下身吸那烟雾。黑女人的气味和着汗水一起追逐着我，熏得我几乎要倒下。那气味非常强烈，仿佛来自发了酵的内脏。黑女人比我高，腰身鼓鼓的，但四肢非常纤细，牙特别白。她笑着脱光衣服，发白的乳房尖尖地挺着，再怎么抖动身子也不会摇摆。她双手捧住我的脸，舌头伸进我嘴里。她摩擦我的腰，解开我的睡衣扣子，用汗淋淋的手抚摸我的肚子，粗糙的舌头来回舔我的牙床。我完全被她的气味裹住了，直想吐。

我的嘴边溢出一些黏稠物，一直流到下巴。我什么也看不见了。

黑女人牢牢地坐在我身上，仰天发出人猿泰山般的吼叫，像奥运会电影里的黑人标枪手一样喘着粗气，灰色的脚掌顶着床垫。我大叫起来，感到撕扯般的疼痛。我想摆脱她，但她的身体如抹了润滑油的钢铁一般又滑又硬。疼痛压迫着我，切割我身体的中心，足趾热得快燃烧起来了，肩膀开始发抖，直想大叫，喉咙深处也有东西堵着直想吐，那东西就像牙买加土著人喜欢的用血和油熬成的汤。黑女人深深喘一口气，笑着点上一支很长的黑色香烟抽起来。

黑女人把浸染了香水的黑色香烟让我衔上，问了我句什么，话很快，听不明白，见我点头，她把脸凑上来，哼哼着更来了劲。我紧闭双眼，专注精神，脚尖一用力，那强烈的快感便连同流动的血液传遍全身，直抵太阳穴积存下来。快感在身体里爆发，挥之不去。紧贴在太阳穴内侧头盖骨上的薄薄的肉层就像被爆竹烫伤的皮肤一样发出声响溃烂了。我察觉到这种溃烂，全部感觉集中在那里，此时，我陷入错觉之中，仿佛整个身体就是一个大家伙，我进入到女人体内，身体整个儿忙碌着，变成一个讨女人欢心的侏儒。

杰克逊唱着歌跨到我脸上，嘴里叫着"喂，宝贝"，用手掌轻轻拍打我的脸。他厚厚的胸膛淌下汗水，打在我的脸上。"喂，龙，你简直是个偶人，我们的黄种人偶人，发条一停，我就杀了你。"

听到杰克逊唱歌般的说话，黑女人大笑不止，那声音大得宛如来自一台出了故障的收音机，我直想塞起耳朵。黑女人不停地笑，唾液"吧嗒吧嗒"滴在我肚子上。杰克逊和女人吸起舌头来。我的身体被女人体内的热量烤得越来越干燥，像抹了一层粉。杰克逊同女人讲起了咒语似的话，那不是英语，听不明白，宛如合着康茄舞[1] 节拍朗诵的经文。黑女人的两条大腿上有白色的文身，

---

1 一种起源于拉丁美洲的舞蹈，舞蹈者排成长队一起跳。

是文得很拙劣的笑眯眯的基督像。

　　我的脚边坐着胖得蓬蓬松松的白女人，杰克逊粗暴地抓住白女人的巨乳，指指我的脸，白女人晃动着盖在白肚皮上的乳房俯身看我，小嘴笑得很好看。她身上有一股烂蟹肉的气味。黑女人冲着我笑，亲切得就像野战医院的护士。"马上让你泄，"她在我耳边轻声道，"就要好了。"我拼命忍住呕吐的感觉，冲着黑女人大叫："让我走！"

湿润的空气抚摸着我的脸，白杨树叶在轻轻摆动，雨缓缓地下着，空气中飘散着潮湿的混凝土和草冷却下来的气息。

　　透过车前的灯光，雨丝看上去如同银色的针。

　　阿桂和玲子她们同黑人一起去了基地里面的俱乐部。黑女人一个劲儿地邀我去她的房间，她叫卢迪亚娜，是个舞女。

　　银针渐渐粗大起来，医院大院里反射着街灯的水洼也变得更大了，起风的时候，水洼上泛起波纹，水面上那微弱反光的地方也跟着轻轻抖动起来。

　　风大了，雨也大了，白杨树干上一只硬壳甲虫被雨打落，掉进流动的水里，企图逆着流水爬行。这只甲虫有它的归巢吗？

　　虫子黑色的背映着街灯，乍看还以为是块碎玻璃片。虫子爬上一块石头，确定了前进的方向，然后降落到一束草丛中，大概它认为那里是安全的。然而草丛被冲倒了，流动的雨水吞没了它。

　　雨点溅落在不同的地方，带着各种各样的声响。雨仿佛是被吸引到草、小石子儿和泥土上面似的，落下来的声音使我想起很小的乐器。这声音很像是由可以放在手掌上的玩具钢琴演奏出来的，和我因为海洛因的余波而产生的耳鸣交织在一起。

一个女人在路上奔跑，她提着鞋，光脚踩得水花四溅。大概是因为湿淋淋的裙子紧贴在身上，女人拎起裙摆，把裙摆展得很开，一面躲着汽车溅起的水花。

电闪雷鸣，雨下得更大了。我的脉搏慢得厉害，身体很冷。

凉台上有一棵枯萎的枞树，是去年圣诞节丽丽买来的，枞树顶上原来还残留着一颗银纸做成的星星，但现在没有了，据说是被阿桂拿去跳脱衣舞用了。为了不弄痛大腿，那星星的角要小心地去掉，然后装上橡皮。

身体很冷，只有脚尖是热的，那热有时会慢慢地升到头部。像剥去果肉的桃核一般的热核在上升时牵扯着我的心脏、胃、肺、声带和牙床。

外面湿淋淋的世界很温柔。雨点模糊了景物的轮廓，人和汽车的声音传到我耳边时已经被不断落下的银针削去了棱角。外面的世界暗得似乎要把我吸进去，那是一种湿润的黑暗，恰似一个脱力躺倒的女人。

扔出点燃的香烟，它"咝"了一声，还没着地便消失了。

"那时你看到枕头里冒出一根羽毛，完事后你把它抽出来，说羽毛多柔软呀，你用它抚弄我的耳根和胸脯，然后扔在了地板上。还记得吗？"

　　丽丽拿来墨斯卡灵，抱住我，问我一个人在干什么。我回答说"在凉台上看雨呀"，于是丽丽便和我说起这样的话来。

　　她轻咬我的耳朵，从包里拿出包在铝箔里的蓝色胶囊，放在桌上。

　　"在打雷，雨会飘进来的，把凉台门关上。"她对我说。

　　"我想看看外面。小的时候，你不看雨吗？不能出去玩的时候，我经常这样透过窗子看下雨。丽丽，很有趣呀。"

　　"龙，你真是个又奇怪又可怜的人呀。以前你说过，闭起眼睛你能看到很多事，你说过吧？虽然我说不好，但我觉得，要想真的从心里感到快乐，就不应该在这种沉溺的状态中寻找和思考，你说对吗？

"你总是想看什么，像一个忙着记录和研究的学者，像一个小孩，对，就是小孩，小孩是什么都想看的。婴儿会盯着陌生人的眼睛，要么哭要么笑，但你盯住别人的眼睛试试，你很快就会疯的，你试试，找一个过路的人，盯住他的眼睛，你很快就会不自在的。龙，你是不能像婴儿那样看东西的呀。"

丽丽的头发打湿了，她就着冷牛奶，把墨斯卡灵胶囊一粒粒吞进肚里。

"这倒没怎么想过，反正我快乐，看着外面就快乐。"

我用毛巾给丽丽擦身体，把潮湿的上衣挂上衣架。"听唱片吗？"我问。丽丽摇摇头，说还是安静些好。

"丽丽，你驾车旅行过吗？去海边，去火山，路上要花好几个小时，早上眼睛还生疼的时候出发，中途找一个景色好的地方喝水筒里的茶，晌午时分在草地上吃饭团子。就是这种平平常常的驾车旅行。

"在奔驰的汽车里，你是不是会想很多事情呢？比如今天出发时相机上的滤色镜没找到，放到哪里去啦，昨天白天电视中出现的那个女演员叫什么名字啦，鞋带会不会断啦，出事故有多可怕啦，自己再也长不高了啦，是不是会想很多事情呢？于是，你的思考就和你从车里看到的移动景物重叠在一起了。

"房舍和田垄飞快地靠近，又抛向身后。眼前的风景和头脑里的东西混合在一起。车站上等巴士的人群，身着礼服晃晃悠悠走着的醉汉，用自行车拉着满满一拖车橘子的大嫂，花圃，码头，火力发电厂，所有这些东西一进入眼帘就马上消失，它们同刚才想起的事物纠缠在了一起，明白吗？相机的滤色镜同花圃、发电厂纠缠在一起了。于是我慢慢地、随心所欲地把我的所见和所思组合起来，搜寻做过的梦，搜寻读过的书，搜寻所有的记忆，经过相当的时间，它们便形成了一幅照片、一种纪念照似的情景。

"我把新跳入眼帘的景物一个个加入到照片里，终于，那照片里的人物活动了，会说话唱歌了。于是，必然地，它们形成了一个巨大的、宫殿似的东西。那宫殿似的东西出现在我的头脑中，那里聚集着各种各样的人，发生着各种各样的事。

"完成这座宫殿后再审视它是饶有趣味的，很有站立于云端俯瞰地球的感觉，那里一应俱全，汇集了全世界所有的东西，有各种人，说各种语言，宫殿的立柱呈现出种种不同的式样，菜肴涵盖了各国所有的口味。

"和电影之类的东西相比，我的宫殿是一个巨大而精细得多的地方，有各色各样的人，真正称得上形形色色，有盲人、乞丐、残疾人、小丑、侏儒，有佩着金色绶带的将军、浑身是血的士兵、男扮女装的黑人，有女演员、斗牛士、训练中的选手和沙漠中做祷告的牧人。所有这些人都在这聚会的场所里，他们做着他们的事，当然我也在注视着他们。

"我的宫殿总是建在海边，很漂亮，它是我自己的宫殿呀。

"我有自己的游乐场，高兴的时候，我可以访问我的童话世界，一按开关，我便能看到活动的偶人。

"正当我沉浸在这种快乐之中的时候，车子抵达了目的地，我忙着搬行李，搭帐篷，换泳装，和别人打招呼。这种时候，要守护这好容易才完成的宫殿是困难的。如果有人说'喂，这里的水很干净，别弄脏呀'，这宫殿就被破坏了。丽丽，这个道理你也明白吧？

"有一次，我去了火山，是九州一座有名的火山。到了山顶，看到喷出的火星和灰尘，我突然有了炸掉宫殿的念头。不，在闻到那火山上的硫磺味儿的时候，我已经点燃了那连接着黄色炸药的导火索。战争开始了，丽丽，宫殿被毁了，医生四处奔跑，士兵忙着疏通道路，然而无济于事，脚下的一切都化为乌有，因为战争爆发了，因为我发动了战争。一瞬间，全都变成废墟了。

"宫殿是我随意制作的，我并不在意它的结局，但驾车旅行的时候，我总能体验到这种建设的过程。因此，在下雨的日子里，当我眺望屋外风景的时候，这种体验便发挥了作用。

"不久前，我和杰克逊他们去了河口湖[1]，我用了 LSD[2]，又想造宫殿，然而这一次，我建造的不是宫殿，而是城市，是城市呀。

"城市里有好几条干道，有公园、学校、教堂、广场、无线电

---

1 位于日本山梨县，富士山北麓。
2 D-lysergic acid diethylamide 的略语。一种迷幻药，水晶化合物，学名麦角酰二乙胺。

发射塔、工厂、港口、街区、市场、动物园、政府机关和屠宰场。在这座城市里，每一个居民，连同他们的相貌和血型都是事先确定好了的。

"我有一个想法，我常想，有没有人可以把我头脑中的想象拍摄成电影呢？

"电影里的故事是这样的：一个女人喜欢上了一个有妇之夫，男人参加了战争，杀死了一个异国的孩子，而那孩子的母亲却在疾风骤雨中救了那男人，女人不知道男人杀了他的孩子，她同男人生了一个女孩，女孩长大了，成了一个黑社会成员的情妇，那人对她很好，但却被一个地方检察官用手枪击毙了，而那检察官的父亲在战争时期是个盖世太保。这不是一部片尾女人走在林阴道上、勃拉姆斯的音乐悠然响起的电影。

"就像切分一头大牛是为了吃到相应分量的牛排——不，这样说也许有些费解，我的意思是说，哪怕我们只吃一小块牛排，也等于是吃了整头牛。如同切分一头牛一样，我也想把我头脑中的宫殿和城市细细切开，制作成一部名副其实的电影，我希望看到这部电影，它绝对能成功的。

"那电影一定像面巨大的镜子，所有看它的人都会映在这大镜子似的电影中。我想看到这样的电影，如果有这种电影，我是一定要看的呀。"

"要我告诉你这电影的开头吗？一架直升飞机运来了基督的

像。怎么样，不错吧？

"你说得对，龙，我们驾车旅行去吧，去火山吧。你再建造一座城市，再把你的城市讲给我听，那城市一定在下雨，我也想看看电闪雷鸣的城市呀，喂，走呀。"

尽管我反复说开车危险，但丽丽还是不听，她抓起钥匙，一头钻进了暴雨中。

汽车迎面驶来，车前的灯光仿佛要把耀眼夺目的霓虹灯和人的身体对劈成两半。卡车急驶而过，发出的声音恰似巨大水鸟的引颈长鸣。突现于眼前的大树，遗弃在路边的废屋，比肩矗立的奇怪的机器，烟囱里喷着火焰的工厂，如熔炉中流出的铁水一般蜿蜒曲折的道路。

阴暗的河道中，河水活物般地呜咽翻滚；道路两旁，齐肩的荒草舞动于风中；带刺的铁丝网里，变电所在颤抖喘息，升腾着蒙蒙蒸汽。我看着这些，看着丽丽，丽丽疯了似的笑个不停。

一切都在闪闪发光。

雨水增加了影子的强度，使影子带上了光，这光影在一家家沉睡着的房舍的白墙壁上拖得长长的、煞白煞白的，如同怪物陡然露出牙齿一般，令我们惊悸不已。

"我们一定是潜到地下了呀，在一个大隧道里。这里肯定看不见星星，积满地下水，凉飕飕的，满是裂缝和陌生的生物，不是吗?"

我们不断地急转弯、急刹车,全然不知身处何地。

车灯的光使一切浮现出来。发出轰鸣声的变电所矗立在我们面前。丽丽停住车。

盘卷延伸着粗大铁丝的铁丝网。我们望着如危崖一般的塔。

"这儿准是法院。"丽丽这样说着,笑了起来。环顾四周,开阔的变电所被灯光照着,周围全是田野,田里的西红柿摇曳在风中。

"真像大海呀。"丽丽说。

带着雨水的西红柿是昏暗中惟一的红色,它们闪烁着,像圣诞节时点缀在枞树上和窗户边的小灯泡,这无数闪烁摇摆的红色果实宛如黑暗深海中的鱼,它们游弋着,露出发光的牙。

"那是什么?"

"西红柿吧,但不像呀。"

"像大海呀,像我从未见过的外国的大海呀。看,那海上漂浮着什么东西。"

"一定是水雷,不能进去,大海被封锁了,触到它,我们会炸死的,大海封锁了。"

田野那边有房屋,长长地横卧着,大概是学校或工厂吧。

电闪雷鸣,车中充满着白色的火花,丽丽惊叫起来,光脚上起满鸡皮疙瘩,方向盘晃动着,牙齿格格地响。

"只不过是打雷，不要慌，丽丽。"

"你说什么？"丽丽叫道，猛地打开门。怪物的吠声涌进车里。

"我要到海里去，"丽丽叫道，"待在车里太闷人，放开手，放开!"

一瞬间，丽丽的身上全湿了，她猛地关上门，从车前跑过，挡风玻璃上出现了丽丽飘扬在风中的长发。引擎盖下冒出粉红的烟，前灯照亮的道路上雾气腾腾。丽丽在玻璃那边露出牙齿叫着什么。也许那边真是海，丽丽是发光的深海鱼。

丽丽在招手。曾几何时，我梦见过一个少女，她在追逐一只雪白的球。现在丽丽的表情、动作和那少女一模一样。

雨刷摩擦着玻璃，发出"咯吱咯吱"的响声，它令我想起那种把人夹起来溶解掉的巨大的贝。

这封闭的金属屋子，这白色的座垫，都和那巨大的双壳贝的肉一样黏黏的、柔柔的。

皱褶在颤动，分泌出浓烈的酸液，包住了我，我被溶解着。

"快出来呀，待在那里会被溶解掉的。"

丽丽钻进田里，手像鱼鳍一样地张开着，身体是湿的，雨点是闪光的鳞。

我打开车门。

风发出震撼整个大地的声响吼叫着。在玻璃外看到的西红柿不是红色的，而近似于夕阳西沉时某些云所带的一种独特的橘黄色。那是闪动在真空玻璃盒中的、闭上眼睛也能在视网膜上清晰地看到的发白的橘黄色。

我追赶丽丽，手臂触着西红柿的叶子，叶子上长满纤细的绒毛。

丽丽摘下一只西红柿："瞧，龙，多像电灯泡呀，在发光哩。"我跑上去，夺下它，抛向天空。

"丽丽，快卧倒，那是炸弹，卧倒！"

丽丽大笑，我们卧倒在地。

"像潜到海里了，静得可怕呀。龙，我能听到你的呼吸，也能听到我的呼吸。"

躺在地里，西红柿在我们上面，它们轻轻的呼吸和我们的呼吸融在一起，像雾一样在茎间浮动着。黑色的土壤含着水，里面有好几万只小虫子，它们在休息，伴着刺痛我们皮肤的小草碎片。虫子们的呼吸从土壤深处传上来，一直传到我们这里。

"看那边，那准是学校，我看到游泳池了。"丽丽说。

灰色的建筑在吸纳水分和声音，也引得我们向它奔去。黑暗中浮现出来的校舍仿佛是长长的洞窟尽头的一个金色出口。我们拖着沾满泥土的沉重身体穿过田野，脚下踏烂了坠落在地的熟透的西红柿。

我们来到校舍的屋檐下躲避风和雨，头顶上仿佛飘着飞艇，我们笼罩在这飞艇的阴影之下。太静了，寒气逼人。

宽阔的运动场边有游泳池，游泳池边种着花，花开得像腐烂的尸体上绽开的斑疹，像不断繁殖着的癌细胞的血浆。一些花儿散在地上，另一些被突然吹来的风卷到空中，作为背景的墙壁仿佛一块摇动的白布。

"我好冷，快变成死人了。"

丽丽颤抖着，要拉我回车里去。透过窗子看到的教室似乎正在准备着我们的离去，整齐划一的桌椅使我想起无名士兵的公墓，丽丽正企图从这静谧中逃走。

我沿着运动场的对角线全力奔跑，丽丽在后面叫。

"回来，不能往那里去！"

我跑近围在游泳池边的铁丝网跟前往上爬。下方的水面上，水波和波纹交错着，反射着电闪雷鸣，恰似节目播完后白花花的电视荧屏。

"你知道你在干什么吗？回来！危险！你要死的！"

丽丽站在运动场中间，紧抱双臂，绞着双脚，大声地叫。

我像逃兵一样紧张地从铁丝网上下来，站在池子边。水面上密密地泛起几万个波纹，宛如半透明的果冻，我一头扎进池子里。

雷电照亮了丽丽握方向盘的手。水滴在丽丽满是泥土的手臂上滚动，手臂透明的肌肤里埋着发青的线条。汽车正沿着基地的铁丝网在看上去像蜻蜓的金属管一般的道路上行驶。

"啊，我全忘啦。"

"什么?"

"忘记给我头脑里的城市加个飞机场了。"

丽丽的头发沾满了泥，凝成了几束，她脸色苍白，脖子上细细的血管突露着，肩头满是鸡皮疙瘩。

挡风玻璃上滚动的水珠让我觉得活像夏天圆球状的虫，活像背上的球面能够映出整片树林的小虫。

丽丽老是分不清加速器和刹车，每次出错，她那煞白的腿总是伸得僵直笔挺，拼命地摇头让自己回过神来。

"喂，我的城市大部分都已完成，可那是个海上城市，飞机场怎么办? 丽丽，你有什么好主意吗?"

"别说蠢话了! 我怕呀! 快回屋里去吧。"

"你也该弄掉身上的泥土，干了会不舒服的。那水池很清，水发着光，在里面游着的时候，我就有了这个念头，要建造海上城市。"

"住口! 龙，告诉我，我们现在在哪里? 我不知道我们跑到哪里了，看不清呀! 请你好好想一想，不然会死的。我刚才一直在想着死的事呀。在哪里? 龙，我们在哪里? 快告诉我!"

突然，像爆炸一样，车里闪过一道金属般的橘黄的光。丽丽发出汽笛般的惊叫，丢掉了方向盘。

我立即拉了手闸，车子"吱吱"叫着滑向路边，挂上铁丝网，撞向电线杆，然后停住了。

"啊，飞机！瞧，飞机！"

跑道上光芒四射，聚集了所有种类的光。

探照灯的光束回旋着，建筑物上所有的窗子都亮了，等距离排列的引导灯在闪烁明灭。

喷气式飞机发出震动四周的轰鸣声，被擦得通体锃亮，在跑道尽头等待起飞。

高塔上有三架探照灯，光柱像恐龙的脖子，它们越过我们，照向遥远的群山。远方的苍茫中，那被光柱切割下来的雨空一瞬间凝固起来，变成闪闪发光的银色房屋。光线最强的一架探照灯慢慢旋转着投向固定的场所，按一定的间隔循环照射着离我们稍远一点的铁路支线。我们在刚才的碰撞中丧失了意志，像上好发条、确定好方向的廉价机器人一般，在震撼大地的喷气式飞机的轰鸣声中下车朝着那条支线走起来。

现在，光柱移到对面的山腰上，巨大的橘黄色的圆正在把黑夜依次剥去，那被种种物事粘缠和包裹着的夜被简单地撕了下来。

丽丽脱去沾满泥土的鞋扔向铁丝网。光束划过旁边的林子，惊飞了林中的宿鸟。

"就要来啦！龙，我怕呀！就要来啦！"

铁丝网变成金色，亮得耀眼。眼前的灯光仿佛成了灼热通红的铁棍，那光的圆圈逼到我们跟前，地面升腾起水蒸气，泥土、草和铁轨像玻璃快要熔化时一样变得煞白。

首先是丽丽进入到圆圈中，然后是我。一瞬间，我什么都听不见了，几秒钟后，我的耳朵疼痛难耐，像扎进了一根烧过的针。丽丽捂住耳朵倒下，胸口冒出一股焦煳的气味。

雨点刺着我的肌肤，那感觉仿佛被人吊在冰库里剥了皮，用尖锐的铁棍扎身体。

丽丽在地上找着什么。她发疯似的四处搜寻，像战场上丢掉眼镜的近视眼士兵。

"找什么呀?"

喷吐烈焰的飞机统治着一切：厚重低垂的云，连绵不停的雨，栖息着昆虫的草，灰蒙蒙的基地整体，倒映着基地的潮湿道路，还有那波浪般涌动着的空气。

银色的巨大金属体开始在跑道上徐徐滑行，它震撼大地，缓缓加速，尖锐的声音仿佛要点燃起空气。在我们跟前，安装在机身两侧的四个更为巨大的圆筒喷出蓝色的火焰。机油的气味和骤起的狂风一齐向我们扑来。

我的脸扭歪了，人摔倒在地。我睁开模糊的眼睛，拼命去看。飞机的白肚子离开地面，转眼间就被吸进了云中。

丽丽看着我，牙间积着白沫，嘴好像咬破了，流着血。

"喂，龙，你的城市怎么样啦?"

飞机看上去好像停在了空中。

这时，宛如商店里用铁丝吊在天花板上的玩具，那飞机好像不动了，倒是我们仿佛飞快地离开了地面，脚下延伸的大地、草、铁路都向下方坠去。

"喂，你的城市怎么啦?"丽丽懒懒地仰躺在道路上问我。

她从口袋里掏出口红，撕破衣服，开始往身上涂。她一面笑，一面在肚子、胸和脖子上勾勒红色的线。

我发现头脑空空荡荡，只有溢满了机油的气味，根本没有城市的影子。

丽丽往脸上描着图案，像节日里狂舞的非洲女人。

"龙，杀了我吧! 我疯啦，要你杀了我呀!"

丽丽叫着，眼里含着泪。我们被抛起来，身体撞在铁丝网上，铁刺扎进了我的肩。我想在身上开个洞，想从机油的气味中解放出来，我只想着这个，周围的一切都模糊了。丽丽趴在地上叫我。"扒开我的腿，剥光我，把我全身通红绑在地面上，杀了我!"她不停地这样叫道。我挨近丽丽，她身体狂抖，放声大哭。

"快杀了我，快杀了我!"

我触到了那画满红线的脖子。

这时，天边闪过了一道亮光。

这苍白的光使一切在一瞬间变得透明起来:丽丽的身体、我的手臂、基地、群山和天空。接着，我看到一条曲线闪过那透明世界的远方。那是一条从未见过的无形的曲线，那是洁白的曲线，划出优美弧线的洁白的曲线。

"龙，你自己就是婴儿，明白吗？你到底还是个婴儿呀。"

我挪开放在丽丽脖子上的手，用舌头舀起她积在嘴里的白沫。丽丽脱掉我的衣服，抱紧了我。

颜色如彩虹一般的油不知从哪里流来，又从我们身体的两边流过。

雨一大早就停了，厨房的窗子和毛玻璃上全都闪着银色的光。

空气变得热乎起来，我一面冲咖啡，一面嗅着这空气的气息。这时，大门突然打开，三名警察出现在门口，他们穿着满是汗味儿的制服，胸前鼓鼓的，肩上斜挂着白色吊带。我吃了一惊，糖撒了一地。一个年轻的警察问我："你们在这里干什么？"

我傻站着，什么也没回答。前面两名警察推开我进了屋子，也不管阿桂和玲子正睡着，就抱着胳膊站在凉台的门口，胡乱拉开窗帘。

这声音和射进屋里的强光使阿桂跳起来。迎着亮光，警察的身影看上去非常高大。

留在大门口的一名警察胖胖的，年龄大一些，他用脚尖踢开散放在门口的鞋，慢慢跨进屋来。

"我们没带拘捕证，怎样，不碍事吧？这是你们的屋子？是吗？"

他抓起我的胳膊查看注射的痕迹。

"是学生?"胖警察问。他的手指很短,指甲很脏,虽然他没用很大的劲,但我还是摆脱不开他的手。

朝阳中,我望着他那不经意地抓着我的手,仿佛有生以来第一次看到手这种东西。

大家在屋子里几乎光着身子,现在正手忙脚乱地穿衣服。两个年轻的警察交头接耳地悄悄说着什么,我听到"猪窝"、"大麻"这样的话。

"快穿衣服。喂,你,穿好裤子。"

阿桂只穿着一条内裤,她噘着嘴,白了胖警察一眼。吉山和一雄表情僵硬地站在窗子边,在警察的催促下,他们一面擦眼睛,一面关掉正在吵嚷着的收音机。玲子在墙边翻手袋,想找出发刷梳头,一个戴眼镜的警察夺过手袋,把里面的东西一古脑儿倒在桌子上。

"啊,干什么呀?别这样。"

玲子小声地抗议,那警察只哼了一声,并不理会。

茂子光着身子酣睡在床上,并没有要起来的样子,汗津津的屁股暴露在光线中。年轻的警察直愣愣地望着她屁股下露出的黑毛。我走过去摇她的肩,喊她起来,给她盖上毛毯。

"你,穿好裤子。""干吗这样看我,嗯?"阿桂别过脸,嘴里嘀咕着什么。一雄扔过去一件棉布工装裤,阿桂咋着舌把脚伸进裤管里，喉咙咕咕地震颤着。

三名警察叉着腰巡视了一遍屋子，草草检查了烟灰缸里的东西。茂子终于醒了。"哎，怎么回事？这些人干啥呀？"她口齿不清地问。警察们忍不住轻轻笑了起来。

"你们可不要太离谱，会招来麻烦的。大白天的，都这样光着身子转来转去，你们无所谓，别人可难为情。大家可跟你们不一样。"

年纪大的警察打开凉台上的窗，灰尘腾起来飘向窗外，像淋浴时的水沫。

早晨的街市耀眼而浑浊。来往汽车的保险杠闪闪发光，令我产生了想吐的感觉。

屋子里，警察们的身体似乎比我们大了许多。

"那个，能抽烟吗？"一雄问。他拿出一支烟，夹在指间。

"不行。"戴眼镜的家伙一把夺过烟，放回盒子里。玲子在给茂子穿内裤，茂子脸色煞白，正哆嗦着扣胸罩。

"有什么事吗？"我忍着涌上来的呕吐感问。

三个人相互望了望，笑出声来。

"有什么事？亏你说得出！这像话吗？在人前光着屁股可是不行的。你们也许不懂，可人和狗是不一样的！

"你们也有家人吧？你们这样子，他们什么都不说？没事一样？嗯？你们这样若无其事地男的女的换来换去乱搞，他们知道吗？喂，你，你和自己的父亲也这样干吗？我说你哪！"

警察冲着阿桂大声嚷嚷。阿桂眼里含满了泪。

"哎，你这混蛋，还知道难过吗！"

茂子似乎一直在哆嗦，玲子给她扣好衬衣的扣子。

阿桂要去厨房，胖警察一把抓住她的胳膊，拦住了她。

在满是灰尘的警察署里，最年长的吉山写了悔过书。离开警察署，我们没有回公寓，而是直接去了日比谷露天音乐厅，那里有 The Bar-Kays[1] 的公演。大家都没睡好，累得厉害，电车中谁也没有说话。

"哈吸藏得不错呀，龙。在那些家伙的眼皮底下，竟没给找到。他们准是派出所的小喽啰，真幸运，不是治安警察，真幸运。"

到了站，大家下车，吉山咧开嘴笑着这样说道。阿桂满脸厌恶地朝站台上啐了一口。车站的洗手间里，茂子给大家发了尼布洛药片。

一雄嚼着药片问玲子："我说，刚才在那里，在走廊上，你和那年轻的家伙说什么来着？"

"那警察告诉我，他是'齐柏林飞艇'[2]的发烧友，还说他是设计学校毕业的。是个好人。"

"是吗？要这样，我那闪光灯失窃的事，向他报案就好了。"

我也嚼了药片。

看到会场的树林时，大家都已经迷糊了。音乐厅被树林环抱着，大型音响在播放摇滚，树叶震得发颤。会场四周围着铁丝网，几个穿旱冰鞋的孩子正从铁丝网外往里瞅，舞台上有人在跳舞，头发都很长。吉山脚上的橡胶拖鞋引得长椅上的男女暗暗发笑，抱孩子的年轻母亲望着我们皱眉。一群女孩手拿大气球正跑着，音乐中忽然冒出吼叫的声音，她们吓得站住了脚，其中一个失手放走了气球，一脸哭相。

红色的大气球慢慢飘了起来。

"我没钱。"到了门口，我正在买票，吉山对我说。

茂子往舞台那边去了，说是会务人员里有她的朋友。阿桂只买了一张票，一溜烟儿就进去了。

"可我也没有多余的钱呀。"我说。

"那好吧，我们翻铁丝网进去。"吉山喊上同样没钱买票的一雄，两人绕到后面去了。

---

1 原指美国灵乐歌手奥蒂斯·雷丁的朋克摇滚乐队，这里指模仿 The Bar-Kays 狂热表演风格的乐队（雷丁及其乐队成员已于 1967 年因飞机失事遇难）。
2 英国的摇滚乐队，成立于 1968 年，1980 年解散。

"这两个家伙不会出事吧。"我说，但喇叭里在播放吉他独奏，音量大得出奇，所以玲子似乎没听见我说话。舞台上排满了各种各样的声音放大装置和扩音器，像展览积木一般。一个女人正在用含混不清的嗓音唱着《Me and Bobby McGee》，她穿着紧身连衣裤，上面缀满蓝色装饰线，只要闪闪发亮的大铙钹一扬起，便猛地伸直腰肢。声音打着旋儿升上天空。一个男人在弹吉他，每当他的右手向下一拂，我的耳朵便被震得嗡嗡直响，那声音虽然杂乱零碎，却仿佛密密地束在一起，贴着地面穿行。会场是扇形的，我沿着后排的座位，行走在离舞台最远的外围，宛如走在夏日上午蝉儿齐鸣的树林中。人们挥舞着雾气蒙蒙的胶水尼龙袋，手臂搭在张口笑着的女人肩上，穿着印有吉米·亨德里克斯[1]像的T恤，皮制的草履、皮绳缠满脚腕的皮革鞋、钉着马刺的银色长靴、赤裸的脚、漆皮的高跟鞋和柳条鞋把脚下的地面蹬得响声一片。各种颜色的口红、指甲油、眼黛、头发和腮红伴着音乐的节拍摇动着，形成一个巨大的涌动。啤酒沫四处横飞，可乐瓶砸成碎片，香烟的烟雾袅袅不绝。一个外国女人的额上镶着钻石，脖子上汗水淋淋，另一个大胡子男人登上椅子，抖着肩，挥动着卷起的蓝色头巾。一个帽子上插着羽毛的女人在吐唾沫，一个戴金边眼镜的女人张大嘴巴在咬自己脸颊内侧的肉，双手交握在身

---

1 美国摇滚乐电吉他手（1942—1970）。

后扭屁股，污秽的长裙波浪般地翻滚。她时而挺身向后，时而俯身向前，空气的震动仿佛都集中在她一个人的身上了。

"喂，龙，这不是龙吗?"一个摆地摊的男人在叫我。

挨着路边饮水处的地方铺着黑色的毯子，上面摆满各种要卖的东西：手工的镂金工艺品、挂着动物的牙和骨的胸针、项链、印度香以及有关瑜伽和麻药的小册子。

"怎么，做起买卖来啦?"我一边问，一边走近他。

这男人的绰号叫麦尔[1]。在从前我们泡过的饮食店里，每当"平克·弗洛伊德"[2]的音乐响起，他总要伸开双臂，飞快地旋转身子。

"哪里，只是给朋友帮个忙。"他笑着回答，摇摇头。

他的脸很瘦，趿拉着凉鞋的足趾脏兮兮的，嘴里掉了一颗门牙。

"真够呛，最近到处都是这种玩意儿，前不久来了什么'裘里'、'肖肯'[3]，我都给他们扔石头。听说你在横田基地? 怎么样? 那里有趣吗?"

"还行吧，因为有黑人，黑人挺有趣。那些家伙特棒，抽大麻，喝伏特加，迷糊了就吹一口漂亮的萨克斯，特棒。"

---

1 这个词在日语中有"郁郁不乐"的意思，为当时的青年用语。
2 英国的摇滚乐队，成立于1965年。
3 指那些模仿 The Bar-Kays 风格的乐队。

茂子在舞台前跳舞，身体几乎全裸着，两名摄影师在冲她按快门。有人把点燃的纸片扔向观众席，几个保安围上前把他拉出去。一个手拿胶水袋的小个儿男人晃悠着爬上舞台，从后面抱住正在唱歌的女人。三名工作人员欲拉开男人，男人紧抱住缀满装饰线的连衣裤腰夺话筒，低音吉他手怒气冲冲地操起话筒架向男人的背上砸去，男人直起身，手撑在腰上一副要倒的样子，吉他手又给了他一下，于是男人朝观众席坠去，台下跳舞的家伙大叫着避开。男人手拿胶水袋脸冲下掉到地上，几个保安拉起男人的两条胳膊，把他拖出会场。

"龙，梅姑你还记得吧？那个京都女孩，要我们给她弹风琴的？眼睛很大，骗我们说她是艺术大学退学的。"

麦尔从我的胸前口袋里抽出一支烟，一面点火一面说。烟雾从他缺牙的地方喷出来。

"记得。"

"她来东京了，住在我这儿。我本想告诉你，但不知道你的住所。她也想见你。是你走后不久的事。"

"真的吗？我也想见她呀。"

"我们一起住了一段时间。是个好姑娘，龙，真是个好姑娘，心肠好，因为可怜一只卖不出去的兔子，她用手表把它换了回来。梅姑有钱，那表是欧米茄的，兔子却脏兮兮的，多不划算呀。可梅姑就是这样的人。"

"她还在这儿吗?"

麦尔没回答,只是拉起裤管,露出左边的腿肚子,那皮肤上有伤痕,粉红的疙瘩一直延伸到腿的上方。

"怎么回事?是烧伤吗?怎么啦?这么厉害。"

"啊啊,是很厉害。在我的公寓里,吃药迷糊了,我们跳舞,火炉燃着了裙子,裙子很长,是易燃的布料,'嘭'的一下,就连脸也看不见了。"

他用手拂了拂飘动的头发,把半截烟头在凉鞋底上碾灭。

"她烧焦了。你没见过烧焦的尸体吧?真可怕。她父亲飞来了,你想她有多大,十五岁呀!十五岁,十五岁呀!真没想到。"

麦尔从口袋里拿出口香糖,扔进掉了门牙的嘴里。我摇摇手,表示不要。

"假如当初我知道她只有十五岁,我就要她回京都了。她说她二十一岁,我完全相信了她,深信不疑。"麦尔说。他说不久可能要回家乡,到时候请我去玩。

"那段时间老想起她的脸,也觉得对不起她父亲。海米纳[1]这种东西,我这一生是不会再沾了。"

"钢琴没坏吧?"

"你是说失火的时候?没有,就烧了她,钢琴毫发无损。"

---

1 又名安眠酮,一种速效安眠药。

"不弹了吗?"

"哪里,还是弹的。你怎么样?"

"早就不玩了。"

麦尔站起来,去小卖部买来两瓶可乐,又递给我剩下一半的爆米花。不时有阵阵暖风吹来。

碳酸饮料刺激着我因服用尼布洛而变得麻木的喉咙。黑色毯子上放着一面有装饰边儿的小镜子,我看到镜子中映出了我的眼睛,那眼睛是混浊的,泛着黄色。

"'大门'的《水晶船》,以前演过吧。现在听这种曲子我是要流泪的,那钢琴就像是自己弹的,简直受不了。也许过不多久,我听什么东西都会受不了,所有东西都让我伤感。我是厌倦了,龙怎么样?我们都是快二十的人了,不能像梅姑那样。现在,我再也不想看到梅姑那样的家伙啦。"

"还弹舒曼吗?"

"不弹了,那种脏生活我受够了,可又不知道干什么好。"

一群小学生从路上走过,都穿着黑校服,排成三列,一个拿旗子的女人正大声对他们嘱咐着什么,大概是老师。我们靠在铁丝网上,头发很长,那副疲惫慵懒的样子似乎吸引了一个小女孩,她站住脚,怔怔地朝我们看。后面一个戴红帽的孩子跟上来,推着她往前走,但她依然看着我们。直到给老师推了一下脑袋,女孩才慌慌张张加快了脚步去赶队伍。她跑起来,白色的背式书包跃动着，渐渐从我们的视线中消失了。在这期间，女孩还回头看了我们一眼。

"是修学旅行吧。"我自语道。麦尔吐掉口香糖，笑着说："小学生也修学旅行吗?"

"喂，麦尔，那兔子怎样了?"

"兔子么，喂了一段时间，后来觉得烦，又没有可送的人。"

"给我喂吧。"

"晚了，我吃了。"

"吃了?"

"是啊，找附近肉店给处理的，说是小孩玩的兔子。也没有多少肉，蘸番茄酱吃的，肉有点硬。"

"啊啊，原来是吃了。"

巨大的喇叭里发出的声响听起来似乎和舞台上那帮乱舞的家伙全然无关。

看上去，这是一群化了妆的猴子，在跟着这块地面上自古就有的声音跳舞。

茂子浑身是汗跑过来，她看了麦尔一眼，就一把抱住我。

"吉山叫我们，在那边。听说一雄被保安打了，受了伤。"

麦尔又在黑色的毯子前坐下。"喂，回老家时通知我。"

我扔过去一盒薄荷烟。

"啊啊，你也保重。"他扔过来一枚用透明贝壳做的胸针，"给你，龙，这叫水晶之舟。"

"我说茂子，这样大汗淋漓地跳舞，摇胶水袋，有意思吗？"

"说什么呀，不找乐子划得来么。"

吉山向我们招手，他"咝咝"地吸着大麻烟卷，烟头湿漉漉的。

"一雄这笨蛋，当着保安的面胡来，跑的时候腿被打了，可怜，是用球棒打的。那混蛋保安真狠。"

"带他去医院了吗？"

"啊啊，阿桂和玲子带他去了。玲子说要回店里看看，阿桂会陪他回公寓的，可我咽不下这口气，窝火呀。"

吉山把大麻烟卷递给旁边一个化着浓妆的女人。"啊，这是什么？"女人问。女人颧骨很高，涂着厚厚的蓝眼圈，旁边有个男人握着她的手。"混蛋，"那男人凑到女人耳边道，"这是大麻。"女人的眼里闪着光，对吉山道了声"谢谢"，就和那男人一道"咝咝"地吸起来了。

茂子在饮水处又吞了两粒尼布洛药片，她身上汗津津的，肚子一起一伏，超短裙的腰带陷进肉里。戴袖章的摄影师对准搂着我的茂子拍照，我抓住茂子勾在我脖子上的手推开了她。

"我说茂子，今天到此为止吧，下次再来跳。"

"说什么呀！今天我可是特意用了迪奥香水的。讨厌呀，龙，真扫兴!"

茂子伸出舌头，又摇摇晃晃地钻进跳舞的人群中。她一只乳房染了色，只要舞动身体，那乳房就摇个不停。

吉山跑过来，对我耳语道："打一雄的家伙抓住了。"

那是个光头的男人，被一个光膀子的混血儿嬉皮士倒剪着双手，嘴被另一个男人用细皮绳紧扎着。阴暗的厕所位于会场的里侧，墙上满是乱涂的文字和蜘蛛网，小便的腥臊味扑鼻而来，苍蝇通过打碎的玻璃窗飞出窗外。

保安在挣扎，脚胡乱地踢着，吉山用胳膊肘猛撞了一下他的肚子。

"喂，你望一下风。"吉山对我说。

他的胳膊肘又一次向那男人的胸口撞去，胳膊肘的一半几乎陷进男人的身体里。男人的嘴被绳子勒得像个"一"字，一些黄色的东西从那嘴的缝隙间溢出来，流过脖子，流到印有米老鼠的T恤衫上。男人紧闭双眼忍着痛，呕吐物流个不止，有些挂在粗皮带上，有些掉到裤子上。手臂肌肉高高隆起的混血儿嬉皮士对吉山说了声"让我试试"，就绕到男人前面，一声吼叫，手臂挥了出去，保安低垂的脸像被撕裂似的扭向一边，鲜血"吧嗒吧嗒"滴下来，大概是牙被打掉了。男人昏死过去，晃晃悠悠地倒在地上。混血嬉皮士似乎醉得厉害，吉山想制止他，他却甩开吉山，眼里闪着红光，扭断了保安的左臂。只听得"嘎巴"一声，像树枝折断似的。那男人呻吟着扬起脸，看到软瘫在地上的胳膊，他眼睛睁得老大，身子在满是小便的水泥地上翻滚起来。一圈，两圈，男人慢慢地挺起身体滚动着。混血儿嬉皮士用手绢擦完手，把带血的手绢塞进在地上呻吟着的男人的嘴里。当震耳欲聋的吉他声稍稍停歇的时候，男人的喘息声也传到了我这里。吉山和嬉皮士离去了，男人停止了翻滚，试图向前爬去，他的右手抓着地面，就像要在黑暗中寻找什么似的。

"喂，龙，咱们走。"

男人鼻子的下方黏糊糊的全是血，看上去像戴了一只黑口罩。他额头上暴着青筋，看着眼睛下方的地面试图向前爬，为了向前移动，男人用胳膊肘支着滑溜溜的水泥地。也许是疼痛再度袭来，男人嘴里说了句什么，身体仰面朝天翻过来，脚尖不停地抖，沾满呕吐物的肚子上下起伏着。

电车里明晃晃的，充满着轰隆声和酒的气息，令我作呕。由于尼布洛药片的作用，吉山迷糊着，眼睛红红的，在车内来回走动。茂子一动不动地坐在车门边的地板上。在地铁站，我们每个人又嚼了两粒药片。我站在茂子旁边，靠在扶手上，怔怔地望着吉山，他捂着胸口呕吐起来，周围的乘客飞快地避开，那酸酸的气味也飘到了我这里。吉山拿起行李架上的报纸擦嘴。

吉山的呕吐物全是稀稀的液体，由于电车的震动，那液体渐渐地摊开，面积越来越大，新上来的乘客再也不到这节车厢里来了。吉山用手敲着窗，嘴里嘟囔着"混蛋"。我脑袋沉甸甸的，紧抓着扶手以防倒下。茂子仰起脸，握住我的手，但我的感觉已经迟钝，碰到别人的手也没了反应。

"喂，龙，我好累，累得要死呀。"

茂子不停地说要坐出租车回家。在车厢的一端，一个女人正在读书，我能看到她的背，吉山站在她的面前，嘴角垂着唾涎。看到吉山，女人大叫起来想逃，却被吉山一把抓住胳膊紧紧抱牢，那样子就像要把女人的身子抢起来似的。吉山撕开她薄薄的罩衫，女人惊叫的声音比电车的轰鸣还要高。乘客们纷纷逃到别的车厢。女人的书掉了，手袋里的东西撒了一地。茂子一脸厌恶地看着这一切，眼神一片惺忪迷茫。"肚子真饿呀。"她喃喃道。

"龙，想吃比萨饼吗？鳀鱼的，蘸着浓浓的辣味沙司，辣辣的，好吃吧？"

女人推开吉山，避着地上的污物，下巴朝前探出，手按敞开的胸脯朝我这边跑过来。我伸脚把女人绊倒，然后拉起她，欲吻她的嘴唇。女人咬紧牙摇晃着脑袋，想离开我的身体。

隔着玻璃，乘客们像看动物园笼子里的动物一样看着我们，吉山冲他们小声骂了句"混蛋"。

到了站，我们朝女人吐唾沫，然后在站台跑起来。"喂，抓住那些家伙！"一个中年男人从电车窗口探出身大叫，他的领带在风中飘动。吉山边跑边吐，衬衣上满是黏稠的污物，站台上响着橡胶拖鞋声。茂子脸色苍白，手提皮凉鞋光着脚跑。吉山被台阶绊倒，眉眶在栏杆上撞开了，鲜血直流。他一面跑一面咳，嘴里不停地嘟囔。在检票口，站务员抓住茂子的胳膊，吉山打了他的脸。我们冲进挤满通道的人群里，茂子要蹲下，我一把把她抱起。眼睛很痛，一揉太阳穴就流泪。强烈的呕吐感从通道的瓷砖地上波浪似的涌上来，我用手紧紧地捂住嘴。

茂子步履摇晃地走着，她身上直到今天早上还留着的黑人气味荡然无存了。

综合医院院子里的水洼还没有消失，一个抱着成捆报纸的孩子避开留着车辙印的泥泞地在奔跑。

鸟在什么地方叫着，但看不见鸟的踪影。

昨晚回到这个房间时，我嗅到菠萝的气味，马上剧烈地呕吐起来。

记得在电车里吻那女人的嘴唇时，她愣愣地望着我的眼睛。虽然只是一瞬间，那神情却很奇怪。那时，我的脸上是怎样的一种表情呢？

鸟飞下来，歇在公寓的院子里，啄着住在一楼的美国夫妇撒下的面包屑。鸟飞快地望了望四周，叼起面包屑急急吞下，有些面包屑落进小石子缝中，鸟也熟练地啄了起来。有个戴头巾的清扫女工面朝医院走过鸟的边上，可它并不逃走。

从我这里看不见鸟的眼睛，我喜欢鸟眼上有一圈圆圆的边眶。那只鸟是灰色的，头上有红色的羽冠。

我的菠萝还没有扔掉，我想用它喂鸟。

阳光透过东边天空的云缝射过来，空气在光的作用下变得白而混浊。一楼凉台的门"咯哒咯哒"地一打开，鸟就立刻飞走了。

回到屋里，我拿出菠萝。

从门里探出脸来的夫人样子很亲切。

"啊，我想用这个喂鸟。"我对夫人说。

"放在那里吧，鸟会来吃的。"夫人指了指白杨树根那儿告诉我。

扔过去的菠萝落在地上摔烂了，但还是慢慢滚到了白杨树边。菠萝落地的声音使我想起了昨天厕所里的私刑。

那美国夫人牵着长卷毛狗准备出门散步，她看了看菠萝，大概是光线晃眼吧，她用手搭在眼眶上，抬头看了看我。"我想鸟会喜欢的。"她点着头笑道。

"冲绳，那段时间你去哪儿啦？大家担心呀。"我问。

"这家伙住旅馆了，是那种可以带个伴的旅馆。吓死人了，这副模样，让人看了怀疑，所以只好跳窗逃跑了。连钱也付了，真丢人。那是我玲子的钱，他可无所谓。"

下午，玲子把冲绳带来了。他又喝醉了，酒气扑鼻，所以玲子硬把他推进淋浴室洗澡，说马上给他打海洛因。玲子把嘴贴在我耳边小声道："派对上和萨布洛他们的事，可不能告诉冲绳，不然，他会杀了我的。"我笑着点点头，于是她自己也脱去衣服进了淋浴室。

昨天夜里，阿桂没到这屋里来，这让吉山很生气，冲绳要把他带来的新"大门"唱片给吉山看，吉山一点也没有兴趣。

淋浴室里传来玲子的呻吟声，茂子一脸厌恶地对我说："龙，放点音乐吧。我讨厌老是做爱，应该还有更好的事情可做吧，有趣的事很多呀。"

唱针落在"大门"唱片上时，一雄和阿桂出现了。一雄拖着脚，阿桂扶着他的肩。"我们是来拿派对上的礼品的，有吗?"他们吃了尼布洛药片，已经迷糊了，就当着吉山的面吸起舌头来。

两人的嘴唇凑在一起，一雄望着吉山，表情非常奇怪。

茂子紧挨着吉山，躺在床上看杂志。吉山突然抱住了茂子，要和她亲嘴。"干什么呀! 一大清早不要这样，你就知道这个吗!"茂子大叫着拒绝，阿桂笑起来，吉山瞪着阿桂，茂子把书往地毯上一扔："龙，我要回去，我累了。"说着把手臂伸进来时穿的天鹅绒连衣裙。

"阿桂，昨天，你在哪里睡的?"吉山从床上下来，问阿桂。

"一雄的公寓呀。"

"玲子也在一起吗?"

"玲子同冲绳去旅馆了，新大久保[1] 的'情人快乐之吻'，据说天花板上全是镜子。"

"你和一雄干了吧?"

茂子摇着头听吉山和阿桂争吵，一面草草化了妆，梳理了头发，然后拍拍我的肩道："龙，给我哈吸。"

阿桂道："你别老是干啊干的，不害臊吗? 大家听着呢。"

一雄咧嘴笑着对吉山说："我说吉山，你也真不该说这种话。

---

1 东京的地名。那里有大批下班后的中年男人与年轻女子约会寻欢，被称为"大叔街"。

我受伤了，她送我回来，就这样。当着大家的面，不要说这种怪话。"然后他问我："闪光灯找到了？"见我摇头，一雄低下头去，抚摸着脚腕上的绷带喃喃道："两万元呢，刚刚买的。"

"喂，龙，送我去车站呀。"茂子在大门口穿好鞋，对着镜子整了整帽子。

"啊，茂子要回去吗？"玲子问。她身上裹着浴巾，正在喝从冰箱中拿出的可乐。

在半道上的店前，茂子缠着我要买少女杂志和香烟。正在店门口洒水的香烟店的女孩子认识我，招呼道："哎呀，约会吧，真不错呀。"穿着浅绿的紧身裤，内裤的轮廓映了出来。她把湿手在围裙上揩了揩，递过烟，眼睛却看着茂子涂红的趾甲。

"杰克逊人倒不坏，这纱巾就是他在基地的商店里给我买的，浪凡[1] 的。"

"你还来吗？是不是累了？"

"嗯，是有些闹得慌，但有派对我还是会来的。不过，可以玩的时间不多吧？没啥有意思的事儿，反正我也要结婚了。"

"什么，茂子你要结婚？"

"当然呀，你认为我不结婚吗？"

---

1 Lavin，1889 年创立于法国巴黎的高级时装品牌。

交叉路口上，一辆卡车猛地向右拐去，扬起了蒙蒙灰尘。我吐掉飞进嘴里的细沙子。"怎么开车的？真野蛮。"一个邮递员下了自行车，擦着眼睛嘀咕道。

"喂，龙，吉山你可得管着点，那家伙老打阿桂，你得管管。他喝醉了就下狠手，总是拳打脚踢的，你要给他说说。"

"真打吗？不是真打吧。"

"说什么呀！阿桂的牙都被打掉了！吉山可是个混人，喝了酒就变了个人似的，反正你得管管。"

"你家里人都好吧？"

"嗯，爸爸有点病，哥哥你也是知道的，太古板。所以我才弄成这个样子。不过他们最近好像也想开了。我的照片上了《安安》，妈妈听了还高兴哩，很开心似的。"

"夏天要到了，没怎么下雨，是不是？"

"是啊。龙，伍德斯托克[1]的电影，你看过吗？"

"啊啊，怎么啦？"

"现在还想看不？假如现在看，你怎么想？会觉得有意思吗？"

"不会，一定不会。但吉米亨[2]很棒，他一直都很棒。"

"还是觉得没意思呀。不过，说不定也会感动的，只是过后还

---

1 美国纽约州的地名。1969年8月15日至17日，在那里举行了以反对越南战争、祈祷世界和平为主题的摇摆乐音乐节，共有30到40万人参加。从此，伍德斯托克精神成为具有反抗性的青年亚文化的代名词。
2 即吉米·亨得里克斯（1942-1970）。在伍德斯托克音乐节的最后一天，他用奇怪的腔调弹唱美国国歌，疯狂的观众和着节奏把星条旗撕得粉碎。

是觉得没意思。我还是想看看呀。"

塔米和鲍博开着黄色跑车从后面疾驶而过，他们在车上"呀——呀——"叫着，茂子笑起来，朝他们挥手，高跟鞋的细后跟踩在吸过的香烟头上。

"你有什么权利对我说这些？你到底要怎样？我们没结婚不是吗？不存在这样的事情呀。你究竟要怎样？想要我干什么？要我说爱你吗？行，那就说吧，但不要碰我，也别唠唠叨叨，我求你。"

"阿桂，是我不好，你不要生气，是我不好。我是说，我们不要互相折磨了，怎样？我们老是互相折磨，是不是？不要再这样了，知道吗？你在听吗，阿桂？"

"听着哩。快说，快点说完。"

"我没有和你分手的意思。我要去工作，去码头当搬运工，在横滨，一天能挣六千元哩，不少吧？干这个我没问题，不会再让你为难了。你和别人好我没意见，这回你和黑鬼干，我说什么来着？什么都没说吧。反正不要互相折磨了，这样吵来吵去有什么用呢？我明天就去工作，我有的是力气。"

阿桂把手勾在一雄的肩上，一点也没有拿开的意思。一雄在吉山眼前嚼碎尼布洛药片吞下去，笑眯眯地望着他俩争吵。

冲绳穿着裤衩，身上冒着热气，坐在厨房的地板上打了海洛因。

玲子扭着脸把针扎入手背。冲绳问："喂，玲子，这样打针，什么时候学的？"玲子慌忙看我，一只眼睛眨了眨道："当然是从龙这儿学的呀。"

"我看玲子的相好是越来越多了。"冲绳说。

"别说怪话，我讨厌做爱，你不相信我吗？除了你，我和谁也不干那事。"

阿桂站起来，往唱机上放"飞鸟"[1]的首集音乐唱片，把音量开得很大。

吉山在说什么，阿桂装着没听见。吉山伸出手把音量调小，说："我还有事商量。"

"有什么可商量的，我要听'飞鸟'，把声音开大些。"

"阿桂，你这脖子上的吻痕，是一雄干的吗？对吧？是一雄吧？"

"胡说，这是派对上留下的，黑鬼干的。瞧瞧，这里还有哩，黑鬼干的。"

阿桂卷起裙子，露出大腿上很大的吻痕给吉山看。"不要这样，阿桂。"一雄说着为阿桂放下裙子。

"腿上的我知道，但脖子上昨天是没有的。喂，龙，昨天没有

_____

1 活跃于 20 世纪 60 至 70 年代的美国乡村摇滚乐队。

吧？一雄，是你干的吧？干了就说干了，也没啥关系。"

"我的嘴有这么大？你说干了没啥关系，那干吗发这么大火？"

"喂，龙，把音量开大！今天一早起来就想听这个，为这我才到公寓来的，把音量开大！"

我躺在床上，装作没听见阿桂的话。起来走到音响前也麻烦。我剪着趾甲。玲子和冲绳趴在厨房的毛毯上睡觉。

"我现在不想谈吻痕什么的，老谈这些没意思，我想谈更本质的东西，就是我们应该更亲密更体贴才是。我们生活的层次同那些世俗的家伙有点不一样，所以，应该更体贴。"

一雄擦着脚间吉山："说什么呀，吉山！谁是世俗的家伙？怎么层次不一样啦？你什么意思？"

吉山不看一雄，低声道："和你没关系。"

我的趾甲散发着一种同菠萝相同的气味，腰部触到了什么东西，移开枕头一看，是茂子忘了拿走的胸罩。

胸罩上串着铁丝箍，绣着花，散发着洗涤剂的气味，我把它丢进壁橱。把剪下的趾甲扔下凉台，我看到医院庭院里走着一个牵牧羊狗的女人，她和迎面而来的人打招呼，然后停下脚闲聊。狗还要往前走，拴狗的链子被拉得很紧。从我这里看过去，女人嘴里黑得像江户时代的女人[1]，大概有严重的虫牙。女人笑的时候

1　日本江户时代的妇女以涂黑牙为美。

用手捂住大张的嘴。那狗看着前方吠叫，一个劲儿地要往前面去。

"咱俩互相需要，谁也少不了谁呀。虽然我常常犯混，但我已经只有阿桂你了，咱妈也已经不在了。咱俩敌人很多，是吧？你要提防被保护司[1]发现，不然就有危险。我要是再抓进去，就会新账老账一起算，也受不了，所以咱俩要互相帮助，像过去一样。在京都的那条河里，咱俩一起游过泳吧，刚认识的那会儿？多想回到那个时候啊。为什么偏要这样吵来吵去呢？咱们应该更团结更努力才是呀。钱不是问题，咱们会好起来的，我还要去工作。喂，茂子告诉我，六本木那里可以捡到桌子、搁物架什么的，好像还有整修机、烤炉，你可以给它们打上油漆呀。

"咱们会存钱的。我上了班，就可以存钱了。你也可以养猫了。东急有只猫吧？灰色的波斯猫。你说过想要的，我会给你买下来的。然后搬家，叫你彻底换个心情，屋子里还带卫生间。

"也可以像龙这样，到福生来，租套房子。茂子呀，冲绳呀，都可以来住。那一带有美军用的房子，房间很多，还有草坪，可以每天搞派对。龙有个外国朋友，说有一辆便宜的车要卖，半旧的，咱们买下来，我把驾照拿到手。很快就可以拿到手的。这样一来，去海边什么的，不就轻而易举了吗？多开心呀，阿桂，多开心呀。

---

1 日本民间设立的义务监督员，由社会上有威望的人士担当，对有前科者实施义务监督。

"咱妈死的时候，我并不是对你冷淡，你应该理解我，阿桂。咱妈去世了，那是很要紧的事。反正咱妈已经不在了，我只有阿桂了。怎样？咱们回去，重新开始吧。

"你明白我的心了吧？阿桂，明白了吧？"

吉山说着要摸阿桂的脸，手却被阿桂残酷地挡开了，她在低着头笑。

"老这么一本正经地说这些事，不害臊吗？大家听着哩。你妈怎么啦？和我没关系。我又不认识你妈。和你在一起我难受，懂吗？我难受，痛苦。和你在一起就痛苦，这个我受不了。"

一雄一直忍着笑，吉山喋喋不休的时候，他捂住嘴拼命不让自己笑出来，和我对看着，现在听到阿桂又发起牢骚来，他终于忍不住笑了："说些什么呀？波斯猫，笑死人了。"

"吉山，这样行不行，你如果有话要跟我说，先把我的项链从当铺里赎出来，那是我爸送我的金项链，你先赎出来，然后再说。"

"那可是你去当的。你喝醉了，说是要买海米纳。"

阿桂哭起来，脸不住地抽动。一雄见状，终于止住了笑。

"啊，说什么呀？那不是你说可以当的吗？你说想用海米纳，是你先说的，然后你才要我把它当了。"

阿桂拭着眼泪。

"行啦！你就是这种人，不用再说了！你不知道吧，后来我哭了，在回去的路上，哭了，你不知道吧？你还说唱了歌哩。"

"什么呀，没有的事。不要哭呀，阿桂，马上赎出来，马上赎出来，我就要当搬运工了，所以很快就可以赎出来。现在还没有当死，来得及的。别哭呀，阿桂。"

阿桂揪鼻子抹眼泪，不论吉山怎么说，她就是不搭理。"出去一下吧。"她冲着一雄道。一雄指指脚，回绝说累了，阿桂却硬拉他站起来。一雄看看她还搁着泪的眼睛，只好不情愿地答应了。

"龙，我们在楼顶上，别忘了待会儿上来吹长笛呀。"一雄道。

门关上了。吉山大声喊阿桂，外面没有回应。

冲绳过来了，他面色苍白，抖抖索索地托着三杯咖啡，一些咖啡溅到地毯上。

"喂，吉山，喝杯咖啡。你也真不够爽利的，分手不好吗？反正无可挽回了。来，喝咖啡。"

吉山没有接咖啡，冲绳嘟囔道："随你便。"吉山弓着背，眼望着墙，不时地叹气，一副欲言又止的样子。从我这里能看到躺在厨房里的玲子，她胸口缓缓起伏着，像死狗似的伸开双腿，一副满不在乎的样子，时不时抽动一下身子。

吉山瞥了我们一眼站起来，要到外面去。他看看正睡着的玲子，对着水龙头喝了水，然后打开门。

"喂，吉山，别走，在这儿待着。"我说。没有回答，只传来关门的声音。

冲绳苦笑着咋舌："他们无可挽回了，无可挽回了，吉山却不知道，傻瓜。

"龙，打海洛因怎么样？这回特纯，还剩着呢。"

"不了，今天很累了。"

"是吗？你在练长笛？"

"没有。"

"可你以后还会搞音乐的吧？"

"还没决定，反正现在什么也不想搞，没心情。"

我们听着冲绳带来的"大门"。

"觉得无聊，是吗？"

"大概是吧，不过又不完全是，无聊这样的说法不完全对。"

"前不久遇着黑川了，那家伙说他绝望，我不大明白他的意思，可他是这么说的。他说他要去阿尔及利亚，参加游击队。恐怕他只是跟我这种人说说，并不是真想去。你的想法大概和那样的家伙不一样吧？"

"黑川？嗯，不一样。我现在只是空虚，空虚。

"过去还有各种可做的事，现在却是空虚，什么也干不了，是吧？所以，现在想再看点事情，增长些见识。"

冲绳的咖啡浓得没法喝，我又烧了些开水兑上。

"这么说，你是要去印度之类的地方吧？"

"哎？去印度干吗？"

"增长见识呀。"

"干吗非得去印度？用不着，在这里就足够了，就在这里看，用不着去印度。"

"那么，用 LSD 吗？或者做各种实验？怎么做我一点也不明白。"

"嗯，我也不明白，连我自己也不知道应该怎么办，只是不会去印度，没有想要去的地方。最近，我总是一个人站在窗前看风景，经常看。雨呀，鸟呀，行人呀，一直就这么看，很有趣，我所说的看事情，就是这个意思。不知怎么回事，最近的风景新鲜极了。"

"不要说这种老气横秋的话。龙，风景看上去新鲜，那是老化现象。"

"完全不对，我说的新鲜同那不一样。"

"有什么不一样？你比我年轻得多，不懂。你要弄长笛，应该弄长笛，不要老和吉山这种蠢货搅在一起，你要好好干事。记得吧，在我生日的时候，你为我吹过长笛。

"那是在玲子的店子里，那时多高兴呀。那时心里痒痒的，有一种说不出的感觉，非常美妙的感觉。我说不好那感觉是怎样的，不过很有点同以前打过架的家伙重归于好的味道。那时我想，能让我产生这种感觉，你这家伙多幸福啊，多令人羡慕啊。我不懂这里面有什么道理，我什么也不会做。那样的感觉以后也没有再出现过。是啊，也许只有实际经历过的人才能理解。我是个瘾君子，有时没了海洛因，想打又得不到，难受得不得了，有时为了弄到海洛因，想去杀人。这种时候，我也会想事情，会觉得还存在着某种东西。不，是在我和海洛因之间，还应该存在着某种东西。虽然我身体发抖，疯了似的想打海洛因，但我感到，光有我和海洛因是不够的。当然，打完海洛因后，我就什么都不想了。还有，说起那不够的东西，虽然我也不太清楚，但那不是玲子，也不是老娘，而是在那个时候的长笛。所以，我总想找个时间同你聊聊，虽然我不知道你吹长笛时的心情如何，但我的心情是非常美妙的，我总是希望能够像那时的你一样。每当针筒里的海洛因注入我体内时，我都会想，我完了，身子腐烂了。看哪，脑袋上的肉变得这样软乎乎的，肯定马上就要死了。我什么时候死都无所谓，也不会做什么，后悔啦，别的什么拉，统统没有。

"只是我越来越想知道，那时听长笛的心情究竟是怎么回事？只有这一点是我一直牵挂的。我想知道这个答案，假如知道了这一点，我情愿停止注射海洛因。这个你没想到吧？也许我不该说，可你得弄长笛，我如果卖海洛因赚了钱，一定给你买个好长笛。"

冲绳的眼睛红红的，很是混浊。他拿着杯子光顾说话，杯子里的咖啡滴下来，弄脏了裤衩。

"好吧，那就拜托了。村松的不错。"

"哎？什么？"

"村松，一种长笛的牌子，我想要的就是那个。"

"村松吗？明白了。你生日的时候，我给你买，到时候你再吹给我听。"

"对不起，龙，你去管管吧。我可不奉陪这两个人了，这脚又痛得厉害。"一雄喘着粗气推开门说，"吉山在打阿桂。"

冲绳躺在床上，什么也不说。

楼顶上果真传来阿桂的叫声，不是呼救，是在被打的瞬间禁不住发出的惨叫。

一雄拿起吉山留下的那杯冷掉的咖啡喝着，一面吸烟一面换脚上的绷带。"不快去管管，吉山会杀了阿桂，他可不是个正常人。"一雄喃喃地说。

被一雄这么一嘀咕，冲绳抬起身子道："得啦得啦，让他们去闹，爱怎么闹就怎么闹。简直不让人消停。我说一雄，这脚怎么啦？"

"啊，球棒打的，'叭'的一下。"

"谁？"

"日比谷的保安。烦人的事，说来话长。当时不去就好了。"

"你这算是跌打损伤吧？跌打损伤不用绷带，用撒隆巴斯[1]就行。骨折了吗？"

---

[1] 一种外贴的护创膏。

"没有，但那球棒是钉了钉子的，所以要消毒。知道吧？给钉子打了最容易化脓。"

晾晒着的衣物在风中飘摇，衣物对面，吉山正抓着阿桂的头发踢她的肚子。吉山的膝盖在阿桂的身体里陷进一次，阿桂就肿着脸呻吟一回。

吉山放开了阿桂，阿桂在吐血，身子软瘫无力。吉山的身上黏糊糊的，全是冷汗，碰碰他的肩头，肌肉又硬又紧。

阿桂在床上痛苦地呻吟，把牙齿咬得咯咯直响，一会儿手抓被单，一会儿捂住被踢过的地方。吉山正在哭着，玲子从厨房里翻身爬起，冷不防扇了他一巴掌。

一雄苦着脸在给伤口消毒，涂气味刺鼻的药。冲绳把尼布洛药片溶在开水里，给阿桂喝下去。

"你这家伙真野蛮，肚子能打吗？吉山，阿桂要是死了，你就是杀人，知道吧？"冲绳对吉山这么一说，吉山带着哭腔答道："那我也一起死。"一雄听了暗暗发笑。玲子把冷毛巾放在阿桂的额头上，给她拭去脸上的血，又看看肚子，发现有绿色肿块，是内出血，但阿桂说什么也不肯去医院。吉山走过来盯住阿桂的脸，眼泪都滴在阿桂肚子上了。阿桂太阳穴上血管突起，吐出黄色的液体，右眼的眼皮、眼白和瞳孔变得通红。玲子掰开阿桂给吉山打破的嘴唇，想用纱布堵住从打掉牙齿的地方流出的血。

"对不起，对不起，阿桂。"吉山沙哑着嗓子小声道。一雄换完绷带，对吉山道："对不起有什么用？瞧你干的，下手真狠。"

"洗脸去。"玲子推着吉山的背，指指厨房道，"瞧你这脸就难受，行啦，先洗脸去。"

"打海洛因吗?"冲绳问。阿桂拿开捂着肚子的手，摇摇头，喘着气道："真对不起，扫大家兴了。不过现在结束了，我就是为了结束，才这样忍着的。"

"别往心里去，我们可没有那么高兴。"冲绳笑道。

吉山又哭了起来："阿桂，不要说结束。阿桂，别离开我。求你了，原谅我，我什么都可以为你做呀。"

冲绳把吉山往厨房里推："知道了，你先洗脸去。"

吉山点点头，用袖子揩脸，进了厨房。厨房里传来放水的声音。

等看到吉山回来，一雄大叫起来，冲绳摇头说"这家伙完了"，玲子在看到的一瞬间惊叫一声捂住了眼睛。吉山的左腕割开了，血流到地毯上。一雄站起来叫道："龙，叫急救车。"

吉山伤口处的肉抖动着，他用右手抓住伤口前面的部位，瓮声瓮气地说："阿桂，这下，你明白我的心了吧。"

我正要去叫急救车，阿桂抓住我的手腕拦住了我，她让玲子把自己扶起来，紧盯着吉山的眼睛。吉山站着，血"吧嗒吧嗒"

地滴下来。阿桂走近吉山，轻轻碰了碰那伤口。吉山已经不哭了。阿桂把吉山受伤的手腕举到自己眼前，歪着肿起的嘴艰难地说：

"吉山，我们要去吃饭了。这大晌午的，都还没有吃饭呢。你要死，就一个人死去，到外面一个人死，别给龙添麻烦。"

一个手拿花束的护士从打过蜡的走廊上走过。她只有一只脚穿了袜子，另一只脚的脚脖子上缠着绷带，绷带上有一些黄色的斑渍。我眼前的一个女人正无聊地抖着脚，看到这包在闪闪发光的玻璃纸里的花束，她拍了拍身边像是她母亲的女人的肩，耳语道："那很贵的吧。"

　　一个左手抱着几本周刊杂志、挂着丁字拐的男人穿过排队拿药的队列。他的右腿自大腿以下棒子般地僵直着，脚腕向内扭曲，足背至足趾的地方泛着一些白粉，小趾和无名趾看上去只是脚形的肉块上长出的疙瘩。

　　在我旁边坐着的是个脖子上缠了好几层硬硬的绷带的老人。"我呀……"他跟对面一个打毛衣的女人搭起了话。

　　"我呀……他们绷紧我的脖子。"老人的下巴上垂着几根稀疏干枯的白毛，眼睛像刀伤的伤口，同脸上的皱纹浑然一体，他望着女人动得有板有眼的手道："那可真是痛啊。比死还厉害，我痛得甚至想，为什么还不死呢？这回算是领教了。其实，难道就没有其他办法吗？更适合老年人的办法？"

老人手摸着脖子笑起来，声音像漏了气一般。女人的脖子又黑又粗，她望着他，手依然动个不休。

"是啊，真够你老受的。"

被她这么一说，老人笑了笑，摸摸留着红色和褐色药水斑渍的脸，干咳几声。

"可不是，人老了就不该开车。我也跟老伴说了，叫她以后别乘车，她答应了。"

戴着白头巾的清扫女工走来擦吉山留在地板上的点点血斑。

拿着拖把和水桶的圆脸女工回头朝她走过来的那个走廊的尽头弯着腰大声道："佳西啊，佳西，这活我一个人干，你歇着吧。"

这声音使坐在候诊室里的人都抬起了头。女工哼着从前的流行歌曲擦起了地板。

"为什么自杀？唔唔，没有死成，那就是未遂。不过，像你这样子弄是不行的，包括手腕在内，人的身体拥有良好的运行机制，轻易不让人死去。要这样，把手紧按在墙上，让皮肤绷紧后变薄，血管鼓胀。然后，'嚓'的一下。如果不是说说要死要活的话吓人，是真心想死，那就应该是这里，瞧，这里，耳朵下面，用剃刀，'嚓'。这样就完了，立刻用救护车送到我这里来也没治了。"

医生看着吉山的手腕这样说道。诊疗室里，吉山在不停地擦眼睛。

　　我想，吉山是不愿让这位中年医生知道他在哭。

　　脖子上缠着绷带的老人跟清扫女工搭起话来。

　　"能擦掉吗？"

　　"嗯？啊，趁着没干，能擦掉的。"

　　"真不容易啊。"

　　"哎？什么？"

　　"我是说，擦血可是件费劲的活儿。"

　　院子里，三个坐轮椅的孩子正在把一只黄色的皮球扔来扔去。三个人的脖子都非常细。球落到地上，就有一个护士帮他们拾起来。仔细看时，其中一个孩子的手腕前面光溜溜的，什么也没有。他要参加这游戏，得用手腕击打护士轻轻抛起的球，每打一次，那球总是飞向一边，但孩子依旧咧着嘴笑。

　　"咳，血这东西不好弄啊。我没参加过战争，没见过多少带血的东西，可这玩意儿费劲得吓人。"

　　"我也没打过仗。"

　　清扫女工往尚未擦去的血斑上撒白粉，跪在地板上用刷子刷。

　　球滚到水洼里，护士用带在身边的毛巾把球擦干净。没有手的孩子似乎等得不耐烦了，嘴里叫喊着什么，挥着短短的手臂。

　　"听说用盐酸什么的就很容易擦掉。"

　　"那只能用在洗便器上，要是用在这里，地板就全坏了。"

远处的树在摇动。护士把球放在孩子的眼前。许多挺着肚子的孕妇慢慢下了巴士，朝这边过来。手拿花束的年轻男人跑上楼梯，打毛衣的女人向那边张望。清扫女工依旧哼着刚才的歌。老人在读报，他的脖子不能弯曲，所以报纸举得老高。

地上还有吉山的血，加了白粉后，那血变成了粉红的泡沫。

"龙，真的对不起。我要攒钱到印度去，当码头搬运工，攒钱，不再给你们添麻烦了。我到印度去。"

从医院返回的路上，吉山一个人说个不停。他的橡胶拖鞋和足趾上沾着血，不时摸摸绷带，脸色依然苍白，但自称伤口已经不痛了。白杨树的旁边，那扔下的菠萝依然如故。暮色中没有鸟的踪迹。

一雄不在屋里，玲子说我们去医院后他就走了。

"那家伙说吉山勇气可嘉，胡说八道。他什么也不懂。"

冲绳打了第三次海洛因，正躺在地板上。阿桂脸上的肿消了许多。吉山坐在电视机前。

"在放凡·高的传记电影哩，龙也看吧。"吉山说。

我要玲子来杯咖啡，她不搭腔。吉山告诉阿桂他决心去印度，阿桂只说了句"是吗"。

冲绳叼着烟躺在地上不想动，玲子站起来抓住他的肩膀摇着问："喂，你把剩下的藏哪儿啦?"冲绳说："混蛋，没有了，那是最后一点，你想打就买去。"玲子使劲踢冲绳的脚，烟灰洒在冲绳裸露的胸膛上。冲绳小声笑着，还是不想动。玲子把他的注射器拿到凉台的水泥地上摔碎了。

"喂，要扫干净啊。"我说。玲子没搭腔，一口气嚼了五片尼布洛。冲绳晃着身子笑个不停。

"喂，龙，吹段长笛怎样？"冲绳望着我道。

电视里，柯克·道格拉斯[1]扮演的凡·高正在抖抖索索地割耳朵。

"你模仿的就是这个人。"阿桂对吉山道，"你就会模仿。"

"现在不想吹长笛，冲绳。"

凡·高一声惨叫。除冲绳外，大家全把目光投向电视。

吉山摸着渗血的绷带，不时跟阿桂说几句话："肚子真没事了吗？我也好受多啦。我要是去印度，你可以到新加坡来，这样我就能去接你，还可以去夏威夷。"阿桂只是不吭声。

冲绳起伏的胸口慢慢平缓下来。

"玲子，卖身可以买到海洛因呀，这是杰克逊告诉我的。你跟龙说，龙，带我到杰克逊的房子里去吧，他说随时可以去的，我不靠冲绳了，带我去杰克逊那里吧。"

玲子突然大叫起来，冲绳又扭着身子笑。

1　美国电影演员（1916－2020）。

"有什么好笑的，你这个吸毒鬼！我可不是乞丐，不会一副肮脏相和乞丐待在一起！我受够了，再也不衔你那臭烘烘软绵绵的家伙了，阳痿！我要把店子卖了，龙。到我这里来，我要买汽车，买海洛因，然后当杰克逊的女人，萨布洛的也行。

"我要买露营汽车，买可以住在里面的巴士，每天开派对。喂，龙，给我找这种车。

"冲绳，你知道黑人的家伙有多长吗？不知道吧？打了海洛因就更长，一直伸到了最里面。哼，你那个叫什么玩意儿！乞丐，你知道你那家伙多难闻吗？"

冲绳坐起身，点燃一支烟，满眼迷茫，有气无力地喷出烟雾。

"玲子，你回冲绳去吧，我跟你一起回去。还是这样好，还去学美容师，我妈那里我去说。这地方你不能待。"

"开什么玩笑！冲绳，你得啦，睡去吧！下次再没了海洛因，哭着求我我也不借钱给你。你才应该回去哩，想回去的不是你吗？你想回去我也没路费给你。到你没了海洛因受不了的时候，你就会哭着求我。你还会哭着求我的，你会哀求说，借点钱给我吧，一千块也行呀。告诉你，一块钱也没有！你才该回冲绳去!"

冲绳又躺下了。"随你便。"他嘟囔了一声，随后对我道，"喂，龙，吹长笛。"

"不是说了吗？现在不想吹。"

吉山已经住了口，只管看着电视。阿桂一副看上去还有点痛的样子在嚼尼布洛药片。电视里传来手枪的声音，凡·高的脖子耷拉下来。"啊啊，这家伙把自己结果啦。"吉山自言自语地说。

蛾子歇在柱子上。

乍一看，还以为是块污迹，定睛看时，发现它移动了一点位置，灰色的翅膀上有细细的绒毛。

大家离去后，屋子似乎比平常暗了些，不是因为光线减弱，而是我离光源更远了。

地板上留下各种东西。卷成团的头发，那一定是茂子的。包蛋糕的纸，蛋糕是丽丽买来的。面包屑，红色、黑色和透明的指甲，花瓣，污秽的手纸，女人的内衣，吉山干了的血，袜子，折断的香烟，玻璃杯，铝箔片，装蛋黄酱的瓶子。

唱片封套，胶卷，星形的点心盒，装注射器的容器，一本一雄忘了拿走的马拉美[1] 诗集。我用诗集的背面按扁了蛾子那有着黑白条纹的肚子。蛾子鼓胀的肚子里发出液体泄漏的声音和另外一种细微的叫声。

---

1 法国诗人（1842—1889）。

"龙，你累了，眼神怪怪的，是不是要回去睡觉？"

打死蛾子后，我奇怪地感到饿，把冰箱里没吃完的烧鸡啃掉了。烧鸡完全腐烂了，酸味刺激着我的舌头，继而扩散到整个大脑。当我把手指伸进口中，想抠出堵塞在喉咙深处的黏稠的肉块时，我感到周身被寒气所包围，它是那样的强烈，仿佛身体挨了一顿打。后颈的鸡皮疙瘩怎么擦也不见消失。漱了几次口，嘴里还是一股酸味，牙床滑滑的。一些鸡皮嵌在牙缝间，让舌头总是一片麻木。吐出的鸡肉块沾着唾液，黏糊糊地漂浮在洗物槽里。洗物槽的排水孔被一块四方形的小土豆片堵着，脏水流不出去，水面上油污打着旋儿。我用手指夹住黏得都能拉出细丝儿的土豆片，把它取出来，水终于退了，鸡肉的碎屑在水中转着圈儿被吸进了排水孔中。

"是不是要回去睡觉？那帮古怪的家伙走了吗？"

丽丽在收拾床铺，透过半透明的睡衣，我能看到她隆起的屁股。她左手的戒指反射着天花板上的红灯，一闪一闪的，戒指上每个打磨过的面都有一个同样大小的灯在闪烁着光芒。

大些的烧鸡块卡在排水孔上流不走，发出"啮啮"的声音紧贴在四个小眼儿上，这黏糊糊的物体曾被我的牙咬碎，被我的唾液溶解，但上面鸡的毛孔依然清晰可见，几根塑料似的毛仍旧存留在那里。我的手沾满气味难闻的油污，那气味怎么洗也不见消失，于是我从厨房回到客厅，想拿电视机上的香烟，走着的时候，我被一种无法言说的不安所包围，产生了一种被患有皮肤病的老太婆紧紧抱住的感觉。

"那帮古怪的家伙走了吗？龙，要我给你沏咖啡吗？"

白色的圆桌反射着光芒，这圆桌是芬兰的囚徒制作的，丽丽经常因此而洋洋得意。圆桌的表面有一种刚刚可以识别的绿色。那是一种一旦感觉到这种颜色、其基调就会在眼睛里渐次增强的独特的绿色，一种在摇曳于夕阳西沉的大海上的橘红色旁边的、隐隐泛出的绿色。

"喝咖啡吗？白兰地这类东西容易犯晕，喝了就要沉睡。打那天起，我的身体也不舒服起来，没去店铺，车也没修。那道划痕很重，碰撞的地方虽然没有瘪进去，但如今涂漆的费用也高呀，真叫人犯难。不过，我还是想把车再涂一次漆，龙。"

丽丽从沙发上站起说道。声音模模糊糊的，像看旧电影似的，感觉上她是站在很远的地方，用一个长长的话筒把声音送到我这儿来。此刻在这里的是只有嘴在动的一个精巧的丽丽形状的偶人，而声音则像老早就录好音的磁带在转动。

在我屋里，裹在身上的寒气怎么也消散不去，我找出一件毛衣穿上，关好凉台的窗子，拉上窗帘，身子因此出了汗，但寒气却始终包围着我。

风的声音在门窗紧闭的屋里变得很小，听起来宛如耳鸣，外面的风景一旦被阻隔，我便有了一种幽闭的感觉。

奇怪的是，尽管我无法感知屋外的世界，却仿佛一直在看着外面的风景，种种景物历历在目：横穿道路的醉汉、奔跑而去的红发女郎、从行驶的车中扔出的空罐、黑森森地挺立着的白杨树、夜色中医院的轮廓和满天星斗。与此同时，我又同外界隔绝着，仿佛自己被外面的世界抛弃了。屋里充满异样的气体，令我窒息，香烟的烟雾袅袅上升，不知从哪里飘来一股焦煳的黄油气味。

我寻找泄漏这股气味的孔，却踩到一只死去的昆虫，昆虫的体液和磷粉弄脏了我的足趾。我听着狗吠声打开收音机，是范·莫里森[1]演唱的《多米诺》。

打开电视，一个光头男人狂怒的特写猛地出现了。他大吼一声："难道不是理所当然的吗！"我关掉电视，屏幕像被吸进去似

---

1 爱尔兰音乐人（1945－　）。

的暗下来，反照出我歪扭的脸。昏暗的屏幕上，我"吧嗒吧嗒"地动着嘴，在独自说着什么。

"龙，我在一部小说里看到一个和你一样的人，真的很像你呀。"

丽丽坐在厨房的椅子上，正在等待圆形玻璃壶中的水沸腾起来。一只小虫在来回地飞，我挥手把它拂开，身体深深陷进刚才丽丽坐过的沙发里，不断地舔嘴唇。

"哎，那个男人呀，他在拉斯维加斯拥有好几个妓女，专门给有钱人筹划派对，提供女人。是不是和龙一样呢？而且他很年轻，和你一样呀。你是十九岁吧？"

玻璃壶的表面变得白而混浊，开始升腾蒸汽。酒精炉上摇曳的火苗映在窗子上，墙壁上投下丽丽活动着的大影子。天花板灯泡投射出的小而浓重的身影和酒精炉投射出的淡而巨大的身影重叠起来，这个重叠的部分呈现出简直就像活物一般的复杂的运动，宛如一个正在分裂的变形虫。

"龙，你在听吗？"

我"啊啊"地应着，觉得自己的声音停在热而干燥的舌头上，根本不是自己发出的。不是自己声音的感觉使我不安起来，我害怕说话。丽丽拿起一顶饰有羽毛的帽子，不时把手伸进敞着怀的睡衣中挠胸脯，一面说着话。

"他把自己一个高中好朋友的女人也拉去当了妓女。"

留到最后的冲绳穿上气味难闻的工作服，也不说声再见，便带上门离去了。

"那男人自己也是妓女的私生子。不过，妓女接的客人是一个小国的皇太子。他是皇太子来拉斯维加斯寻欢作乐时留下的孩子。"

丽丽究竟在说什么呀？

视线中的情形不正常，所有进入眼帘的东西都蒙上一层微妙的雾霭。丽丽身边的灶台上放着一个牛奶瓶，牛奶瓶的表面似乎密密地布满斑疹，弯着腰的丽丽身上也有斑疹。看上去，那些斑疹并不像附着在皮肤的表面，而是把皮肤剜去后生长出来的。

我想起一个患肝病死去的朋友。那家伙老说：啊啊，说实话，我老是在肚子疼起来的时候把疼的事情忘掉的。这不是因为忘了疼肚子就会好起来，而是大家都肚子老犯痛，所以当我肚子绞疼的时候，我反而安心了，觉得这才是我自己。我安心了。因为我从生下来肚子就一直是痛的。

"那个男人去了沙漠，黎明的时候，他把车开得飞快，来到了内华达沙漠。"

玻璃壶中的液体鼓着泡沸腾起来，丽丽用勺子从一只褐色的罐中舀出黑色的粉，放进玻璃壶里。香气飘了过来。当杰克逊和卢迪亚娜骑在我身上时，我真的以为自己是一个黄色的偶人，那时我是怎样变成偶人的呢？

现在，红发垂背、曲身而坐的丽丽看上去也像个偶人，一个旧的、散发着霉味的偶人，一个拉拉绳子就会重复一句台词的偶人，一个撬开胸前的盖子便可见身体里装着几个银色电池、和她说话眼睛便会闪光的偶人，一个一根根嵌入干乎乎的红发、从嘴里灌进奶油就会从下腹的孔里滴下黏糊糊的液体、即使摔到地板上只要藏在肚子里的录音机不坏就会唠叨不停的偶人："龙，早上好，我是丽丽。龙，你好吗？我是丽丽。早上好，龙，你好吗？我是丽丽，早上好。"

"在内华达沙漠，那个男人看到了氢弹基地。黎明的基地里，排着一排楼房般大的氢弹。"

那时，在我的屋子里，挥之不去的寒气在一步步增强。我加衣服，披毛毯，喝威士忌，开门关门，想睡个好觉。我喝浓咖啡，做体操，吸了好几支烟。我读书，把灯全部关掉，继而又打开。我久久凝望天花板上的污迹，闭眼数数。我回想电影中的情节，回想麦尔的缺牙、杰克逊的阳具、冲绳的眼睛、茂子的屁股和卢迪亚娜的短阴毛。

凉台的门紧关着，几个醉汉大声唱着从前的歌经过凉台的门外，令我想起戴着锁链的囚徒的合唱，想起身负重伤、失去战斗力的日本兵跳海前合唱的军歌。面向黑暗的大海，脸上缠满绷带，瘦弱的身体上到处是洞，洞里涌出脓水、爬满了蛆，向东方敬礼的眼睛里黯然无光——醉汉的歌声听起来就像如此的日本兵所唱的悲凉的歌。

听着那歌，望着自己映在电视里的模模糊糊歪歪斜斜的身影，我感到自己沉进了一个深深的、无论怎样挣扎也浮不上来的梦里。电视里的我和在我眼睛深处唱歌的日本兵重合起来。构成重叠的影像的黑点，由于密度不同而使影像凸显出来的黑点，它们宛如无数遍布在桃树上的蠕动的毛虫，在我的头脑里密密麻麻地四处乱爬。粗糙的黑点发出沙沙的声响，逐渐形成了没有形状的不安之形。我发现鸡皮疙瘩已经密密地覆盖住了我的全身，映在发暗的屏幕上的混浊的眼睛像熔化了一般歪斜着消散殆尽。你究竟是谁？我冲着这个自己嘀咕道。

"你究竟在怕什么？"我这样说道。

"那是导弹，瞧，洲际导弹，它们排列在那里，在广袤荒凉的内华达沙漠上，在人看上去渺小得就像虫子的沙漠上。那些导弹就在那里，像楼房一般的导弹就在那里。"

球形玻璃壶里沸腾起来，黑色的液体跃动着。丽丽拍死了一只飞虫，把在手掌上形成一根线的死虫子剥下来扔进烟缸。烟缸里腾起一缕紫色的烟，同黑色液体上冒出来的蒸汽混在一起，袅袅上升。丽丽纤细的手指拈出一根香烟，用炉盖压灭酒精炉上的火。墙上巨大的影子一瞬间扩展到整个房间，随后又萎缩下去，影子宛如鼓胀的气球触到针尖一般消失，被天花板灯光投下的更小更浓的影子吸去了。

丽丽把咖啡倒进杯子递给我，我盯着咖啡一看，咖啡的表面晃动着我的面影。

"于是男人跑上沙丘，冲着导弹叫喊。他遭遇了各种各样的事情，满腹的疑惑，对自己过去的所作所为，对现在的自己，对将来该怎么办，他一片迷茫。他无人倾诉，遭人厌弃，非常孤独。他在心里冲着导弹叫喊：爆炸吧！快给我爆炸吧！"

我发现这黑色的液体表面也有斑疹。小学时，祖母因患癌症住进了医院。

对医生开的止痛药，祖母显示了过敏反应，湿疹使她脸也变了形，全身溃烂。我去探望时，祖母一面挠着湿疹一面对我说，龙啊，奶奶就要死了，另一个世界的东西已经长在身上了，奶奶要死了呀。现在，这黑色液体的表面也漂浮着同奶奶身上长出来的湿疹完全一样的东西。在丽丽的催促下，我喝了这咖啡。热乎乎的液体流进喉头时，我觉得，在我的身体里，先前感受到的寒气和外界物体所带有的斑疹混合在一起了。

"龙，这男人像你吧？我觉得像你，刚一看就觉得像你了。"

丽丽坐在沙发上说。丽丽的脚划出一道奇怪的弧，被吸进了红拖鞋里。记得有一次，我在公园里用了LSD，那时的心情同现在十分相似。一棵棵树耸立在夜空中，透过树的间隙，我能看到外国的城市，我在那里行走。这个虚幻的城市没有行人，家家门户紧闭，我一个人走着。来到郊外，一个瘦男人拦住我说："不能再往前走了。"我不管，还是往前走，于是身上开始发冷，觉得自己成死人了。这个成了死人的我开始朝面色苍白地坐在长椅上眼望显映在夜幕上的幻象的我走来，近得几乎要和真正的我握手了。那时我感到恐怖，往后逃去。可死人的我还是追上来，终于把我抓住，进入我体内，控制了我。那时我的感觉同现在完全一样，头上仿佛开出了一个洞，意识和记忆泄漏出去，腐烂烧鸡般的寒气和斑疹取而代之占据了头脑。不过那个时候，我在潮湿的长椅上颤抖着抱紧身子，对自己说：

"仔细瞧瞧吧，世界还在我的脚下，这地面上有我，地面上也有往巢穴里搬运树、草、砂糖的蚂蚁，有追球的少女和奔跑的小狗。

"这块地面经过无数的房屋、山脉、河流和大海，通往四面八方。我就在它的上面，恐怖的世界还在我的脚下。"

"读着那小说，我就想起了龙呀。我在想，龙往后怎么办呢？那个男人就很迷茫。不过，这本书我还没有读完呢。"

小时候，若是在奔跑中跌了跤，身上总免不了出现火辣辣的擦伤。我喜欢大人给创口涂上气味强烈的药水，擦破渗血的伤口少不了要沾些土、泥、草汁和压扁的昆虫，我喜欢带着泡沫涂上创口的药水的痛感。玩过了，望着西沉的太阳，皱着眉，呼呼地往伤口上吹着气，我感到了一种傍晚灰色的景物与自己融为一体的安心。疼痛具有与海洛因和黏液相反的作用，我用海洛因和黏液与女人相互融合，相反，痛感则让我崭然有别于四周，让我觉得自己光芒四射。我甚至想，这光芒四射的自己和落日下美丽的橘黄色可以成为好伙伴。那时，我在自己的屋里回想着这些，为了想办法对付难以忍耐的寒气，我拿起滚落在地毯上的死蛾子，把它的翅膀放进口中。蛾子的表面已经僵硬，从腹部流出的绿色汁液也有点凝固，金色的磷粉嵌在指纹里闪闪发光。蛾子的眼睛是个黑色的小球，离开胴体时拖出了一根线。我扯破翅膀放在舌头上，薄薄的绒毛刺激着我的牙床。

"咖啡好喝吗？说话呀。龙，龙，你怎么啦？想什么啦？"

丽丽的身体看上去像是金属制成的，也许剥下那层白色的皮，就能看到里面闪闪发光的合金。

"啊啊，好喝，丽丽，好喝呀。"我回答。左手在痉挛。我大口吸气。墙上贴着招贴画，上面的女孩在空地上跳绳，脚被玻璃割破了。一股奇怪的气味飘过来，手里装着热乎乎的黑色液体的杯子掉到地上。

"干什么呀？龙，你到底怎么啦？"

丽丽手拿白布走过来。白色的杯子在地上摔破了，地毯冒出热气吸进液体。足趾间的液体温热而黏稠。

"怎么啦？在发抖吗？究竟怎么啦？"我触到丽丽的身体，她的身体粗糙发硬，简直就是过期的面包。丽丽的手放在我的膝上。"去洗下脚，我还要淋浴，快洗去。"丽丽扭着脸，俯身捡起碎玻璃片，放在一本杂志上，杂志的封面上，年轻的外国女子正在笑着。碎片里积着一些液体，丽丽把液体倒进烟灰缸，燃着的香烟"嗞"的一声熄灭了。丽丽发现我还呆立着。她那因涂了护肤霜而放光的额头。"一开始就觉得你不对劲儿，是不是干了什么？先洗脚去吧，你这样把地毯弄脏了可不行。"我抓住沙发，迈开脚，太阳穴很热，晕眩得厉害，房子在旋转，像要倒下来。"快洗去。看什么呀？快洗去。"

淋浴室里的瓷砖凉凉的，扔在地上的软管让我想起什么时候在照片中见过的有电椅的死刑室。洗衣机上放着带红色污迹的内裤。黄色瓷砖的墙上，蜘蛛拖着蛛丝，擦着墙来回地爬。水无声地流过我的脚背，盖着铁丝网的排水孔积着纸屑。从我的公寓来这里时，我路过医院的庭院，那时院子里已经熄了灯。我把紧掐在手中的死蛾子朝灌木丛掷去。我想，早晨的太阳会晒干那绿色的体液，蛾子会成为饥饿的昆虫的饵食。

"在干什么呢？龙，你得回去了，今天我不能陪你。"丽丽看着我，身体靠在柱子上，把手上的白布扔进淋浴室。白布上沾了一些黑色的液体。我像第一次睁开眼睛的初生婴儿似的打量着丽丽和她那闪着白光的睡衣。那黑蓬蓬的一丛是什么？那下面滴溜溜转动着的发光的球是什么？球下面那有着两个孔的隆起物是什么？那用两片软软的肉镶边的暗洞是什么？洞里那白色的小骨头是什么？那看似滑溜溜的红而薄的肉是什么？

红花纹的沙发，灰色的墙，缠着红发的发刷，粉红色的地毯，吊着干花、到处是污迹的奶油色天花板，缠在直线下垂的电线上的布制软线，在扭曲的软线下端摇曳闪烁的光球，球中水晶似的塔。塔在飞速运动。眼睛像烧灼似的痛，一闭上就会浮现出几十张笑着的脸，让我憋得喘不过气。"你究竟怎么啦？战战兢兢的，疯了吗？"丽丽的脸上重叠着红色灯泡的残影，残影像熔化的玻璃，扩散，扭曲，破碎，化为斑点向视线的尽头散去。丽丽凑近那带着红色斑点的脸，摸摸我的脸颊。

　　"喂，怎么在发抖？说话呀。"

　　我想起一张男人的脸，他的脸上也有斑点。那是从前借住在我乡下婶娘家中的美国军医的脸。"龙，你起了鸡皮疙瘩，究竟怎么啦？说话呀，不要吓我。"

　　帮婶娘收房租的时候，军医总是让我看一个日本女人的屁股，那女人瘦得像猴子，毛很浓。"不要紧的，丽丽。不要紧，没事。只是有点心慌，派对结束后总是这样。"

　　在军医那装饰着矛尖涂上毒药的新几内亚长矛的屋里，浓妆的日本女人"啪嗒啪嗒"踢着腿向我展示屁股。

　　"你吃药吃迷糊了，是吧？"

　　我觉得自己要被丽丽吸进眼里、吞进腹中。军医让女人张开嘴给我看，他用日语笑道："我溶化了她的牙齿。"丽丽拿出白兰地："你不正常呀，我带你去医院吧。"女人张开像空空的洞穴一般的嘴叫嚷着什么。"丽丽，我现在有点迷糊，有非洛滂就给我打一针，我想平静下来。"

丽丽硬要灌我白兰地，我紧紧咬住玻璃杯的边缘。透过湿润的玻璃杯，我能看到天花板上的灯，斑点上重叠着斑点，我晕眩得厉害，想吐。"现在什么也没有了，那以后，墨斯卡灵用完后，我全打了。我也很不安，所以全打了。"

军医在瘦女人的屁股间塞各种各样的东西让我看。女人把口红擦在被单上，呻吟着，冲我瞪眼。军医一只手拿着白兰地，笑得前仰后合。女人冲他大叫："给我雪茄！"丽丽扶我坐在沙发上。"丽丽，真的什么也没做。和那时不同，和看到喷气式飞机的时候完全不同。

"那时我身体里装满了机油，那时也很害怕，但和现在不同。现在我的身体是空的，什么也没有。脑袋热得受不了，发冷，寒气怎么也退不下去，头脑迟钝得很。就是这样说说话，感觉也怪怪的，像在梦里讲话一样。

"我在这样赶也赶不走的可怕的梦里说着话，可怕呀。现在我这样说着话，头脑里却在想着全然不同的事情，想一个弱智的日本女人，不是丽丽，是别的女人。我一直在想那女人和美国军医的事。可是，我又清楚地知道这不是梦。我知道我正醒着，我就在这里，所以，我害怕呀。怕得要死。我想叫丽丽杀了我，真的，想叫你杀了我。光是站在这里就叫我害怕。"

丽丽又把装着白兰地的杯子塞入我的牙齿间。热热的液体使舌头颤动起来，慢慢滑进喉头。耳鸣声淤塞在大脑里不肯出去。手背上的静脉凸显出来，那颜色是灰色的，灰色在颤动。脖子上流着汗。丽丽为我拭着汗水："你只是累了，睡一晚就会好的。"

"丽丽，我回去吧。我要回去。我不知道该回哪里，可我还是要回去。我一定是迷路了。我要回到更清凉的地方去，我从前就在那里，我要回到那里去。丽丽也知道吧，那地方是在一棵飘着香气的大树下。这里到底是什么地方？这里到底是什么地方？"

喉咙深处干得似乎要烧起来。丽丽摇摇头，自己喝干了剩下的白兰地。"没治了。"她自言自语地说。我想起了绿眼人。你想看黑鸟吗？你能看到黑鸟的。绿眼人这样说道。也许在这屋子的外面，在窗户的对面，巨大的黑鸟正在飞翔。恰如黑夜本身的巨大的鸟，同我经常见到的那些啄食面包屑的灰鸟一样在天空飞翔的黑鸟，只是由于过于巨大，它张开的嘴在窗口对面看上去便宛如洞窟，身体的全貌无法看到。被我杀死的蛾子一定是还没发现我的整个身体就死了。

有什么巨大的物体压扁了蛾子那容纳着绿色体液的柔软的肚子，还没知道这巨大的物体是我身体的一部分，蛾子就已经死了。现在我完全同那蛾子一样，就要被黑鸟压扁了。绿眼人大概是为了告诉我这个才来的，他想让我明白。

"丽丽，你看到鸟了吗？现在鸟就在外面飞吧？丽丽没发现吗？我是知道的，蛾子没有感觉到我，我感觉到了。很大的黑鸟呀。丽丽也知道吧？"

"龙，你疯了。你要挺住，知道吗？你疯了。"

"丽丽，不要骗我。我感觉得到，不会受骗的。我知道，我知道这里是什么地方，这里是离鸟最近的地方，这里一定能够看见鸟。

"我知道，其实老早就知道，现在我总算明白了，就是鸟。我活到今天，就是为了感觉到鸟。

"鸟！丽丽，你看到鸟了吗？"

"住口！住口！龙，住口！"

"丽丽，你知道这是什么地方吗？我怎么到这里来了？鸟明明在飞呀，瞧，它就在窗户对面飞。它就是破坏我城市的鸟呀。"

丽丽哭着打我的脸。

"龙，你疯了，你不明白吗？"

是不是对丽丽而言，鸟是看不见的呢？丽丽打开窗户，一面哭一面用力地打开窗户。夜晚的城市横卧在窗下。

"你说鸟在什么地方飞，那你就好好看吧，什么地方也没有鸟的呀。"

我把白兰地杯子向地上砸去。丽丽发出惊叫。杯子四分五裂，碎片在地上闪闪发光。

"丽丽，那就是鸟。你好好看看，那城市就是鸟。那不是什么城市，那里没有住人，那是鸟，你不明白吗？真的不明白吗？那个男人在沙漠里冲着导弹喊'爆炸吧'，就是想杀死鸟。必须杀死鸟，不杀了鸟，我就看不懂自己。鸟妨碍了我，遮住了我想看的东西。我要杀死鸟，丽丽，不杀鸟，鸟就会杀我。丽丽，我们在哪里？跟我一起去杀鸟，丽丽。我什么也看不见呀，丽丽，我什么也看不见呀。"

我在地上打滚。丽丽跑向屋外。传来车子的声音。

电灯在飞快地旋转，鸟在飞，它正在窗外飞翔。什么地方都没有丽丽。巨大的黑鸟朝我飞来。我拾起地毯上的玻璃碎片，握紧它，刺向我颤抖的手腕。

天阴沉沉的，像一块白而柔软的布包裹着我和夜晚的医院。风凉凉地吹拂着我还在发热的脸颊，树叶沙沙地响着，风带着湿气，为我送来夜幕下植物的气息，轻轻地呼吸着的夜幕下植物的气息。

　　医院里，只有大门和门厅亮着应急的红灯，为了让病人睡得安稳，其他地方的灯都熄了。众多的窗户被细小的铝制方格分割开来，它们映照着正在等待黎明的天空。

　　紫色的线条弯曲着延伸开去。那里是云的缝隙吧，我想。

　　不时经过的汽车的车前灯照亮了灌木丛，看上去，灌木丛就像小孩的帽子。被我扔掉的蛾子没够到灌木丛，正和地上的小石子儿、枯败的小草躺在一起。我拾起蛾子看了看，覆盖全身的绒毛上沾了不少露水，简直就像死去的昆虫在流冷汗。

　　那时，从丽丽屋里出来时，我只感到流着血的左腕是活的。把沾满血污的薄薄的玻璃碎片放进口袋，我在雾气弥漫的路上奔跑。家家门窗紧闭，一切都静止着，我仿佛成了童话中的主人公，被一个巨大的生物所吞噬，正穿行在它那弯曲盘转的肠中。

跌倒了几次，每次跌倒，我口袋中的玻璃便破成了更多的碎片。

穿越空地的途中，我跌倒在草丛中。那时，我咬了潮湿的草。苦涩的滋味刺激着我的舌头，歇在草上的小虫钻进了我的口中。

昆虫用带刺的细腿挣扎着。

把手指放入口中，那背上有花纹的圆形的虫爬了出来，它已被我的唾液浸湿了。虫子滑动着潮湿的腿回到草上。我用舌头舔着被虫子抓挠过的牙床，草上的露水冷却了我的身体。草的气息包围着我的全身，我感到侵犯我身体的燥热慢慢地逃到地面去了。

躺在草地上，我想，我是一直在与我不了解的东西打交道。即使现在，即使在这温柔夜色下的医院庭院里，这一点也一定没有改变吧。巨大的黑鸟现在还在飞翔，而我则同苦涩的草、圆形的虫一起封闭在鸟的腹中，除非身体变得又硬又干，就像这只变得如同石子的蛾子一样，否则我是无法从鸟腹中逃离出来的。

从口袋里掏出碎得只有拇指大小的玻璃片，我拭去上面的血。小小的碎片上有一个平缓的凹坑，显映着开始亮起来的天空，天空下横卧着医院，远处有行道树和街道。

像影子一般显映出来的街道用它的轮廓线画出了一道微妙的曲线。在雨中的飞机场，我正要杀死丽丽，一道白茫茫的曲线在一瞬间和雷电一起烧灼了我的眼睛，现在这道曲线就和它一模一样。像被波浪模糊了的水平线、又像女人雪白的手臂一样的优美的曲线。

一直以来，无论何时，我都是被这白色的曲线包围着的。

边缘残留着血迹的玻璃碎片染上了黎明的空气，它近似于透明。

那是无限近似于透明的蓝。我站起来，一面向我的寓所迈开步子，一面希望自己也变成一块这样的玻璃片。我希望自己也能显映这舒缓的白色曲线，我要把这显映我自身的优美曲线展示给所有的人。

天际变得明亮而混浊，玻璃碎片马上暗淡下来。待到鸟声传来的时候，玻璃上面再也显映不出什么了。

公寓前的白杨树边，仍然躺着昨天扔下的菠萝，从潮湿的切口处仍然飘出那股气息。

我蹲在地上，等待着鸟。

鸟慢慢地飞落下来。假如温暖的阳光照得到这里，我拉长的身影大概可以覆盖住灰色的鸟和菠萝吧。

致丽丽的信

后记

　　小说要成书的时候，我提出希望由我来做这本书的装帧。事实上，在写小说的时候，我就一直在想，如果出书的话，就把丽丽的头像印在封面上。

　　还记得这张照片吗？是我们最初相会时，在"尼亚加拉"照的。那时我们喝苦艾酒，比赛看谁喝得多。我喝到第三杯的时候，问店里的一个荷兰人嬉皮士借了一架徕卡相机，于是就照了这张相。照完相后我们又喝酒，丽丽喝到第九杯时醉倒了，所以你也许记不得了。

　　丽丽，你现在在哪里？大概四年前，我去你的住所找过你一次，但你不在。如果你买了这本书，请与我联系。

　　回到路易斯安那的奥格斯特只给我来过一封信，说他在开出租车，他在信中要我问你好。也许丽丽已经同那个混血儿画家结婚了，结婚了也没关系，如果可能的话，我只想和你再见一面，

无限近似于透明的蓝　　　　　　　　　　　　　　　　137

两个人再唱一次《由它去吧》[1]。

不要以为我写了这小说就变了，我还是老样子。

1　1956 年拍摄的美国电影《擒凶记》（The Man Who Knew Too Much）中的插曲。原文为西班牙语"Que sera sera"。

自从《无限近似于透明的蓝》出版以来，已经过去了近四分之一个世纪。作品发表于 1976 年，但实际上写作期间是在1975 年。

1970 年代后半段是一个怎样的年代呢？当时日本成功摆脱了尼克松事件和第一次石油危机所带来的影响，经济的高速发展基本上告一段落，在我看来，日本社会可以说是结束了"近代化"，开始进入成熟期。

正在"近代化"进程中的国家，有自身独特的近代文学。这种文学描写了那个国家的文化和近代——即所谓的"全球化"——之间的碰撞。我认为近代文学所表现的是生活在那里的人们的纠葛和冲突。

《无限近似于透明的蓝》刚发表时，被认为是一部很肮脏的作品。对吸毒和滥交的描写成为了当时的热点话题，有些人认为它根本算不上文学。然而，批评这种作品算不上文学的人其实犯了微妙的错误。

他们应该批评它算不上"日本近代文学"。有些人指责它没有描写人们的内心世界，更有相当多的人指责它没有表现苦恼、悔恨和悲哀。

其实我想描写的并不是现代人的不安，也不是国家与个人的冲突、家庭的羁绊和青春的普遍特征。

我在四分之一个世纪前写作时，不自觉地想表现的是一种"丧失感"。70 年代中期，我的祖国日本完成了近代化，但与此同时又好像失去了什么。失去的不是日本自古以来的文化，而是实现近代化这个远大的目标。日本民族失去了目标。

自那以后，我一直不断地描写丧失感，《无限近似于透明的蓝》是这一切的出发点。我的处女作包含了我此后所有作品的主题思想。

---

1 本文原标题为《无限近似于透明的蓝》，现标题为编辑所加，旨在与小说作品本身加以区分。

KAGIRINAKU TOMEI NI CHIKAI BURU

by MURAKAMI Ryu

Copyright © 1976 MURAKAMI Ryu

All rights reserved.

Originally published in Japan.

Chinese (in simplified character only) translation rights arranged with
MURAKAMI Ryu, Japan

through THE SAKAI AGENCY and BARDON-CHINESE MEDIA AGENCY.

图字：09-2004-397号

图书在版编目（CIP）数据

无限近似于透明的蓝/（日）村上龙著；张唯诚译
. —上海：上海译文出版社，2020.6
（村上龙作品集）
ISBN 978-7-5327-8480-6

Ⅰ. ①无… Ⅱ. ①村…②张… Ⅲ. ①中篇小说—日
本—现代 Ⅳ. ①I313.45

中国版本图书馆 CIP 数据核字（2020）第 103049 号

无限近似于透明的蓝

[日] 村上龙 著 张唯诚 译
责任编辑/吴洁静 装帧设计/山川制本 插画师/木内达朗

上海译文出版社有限公司出版、发行
网址：www.yiwen.com.cn
200001 上海福建中路 193 号
江阴金马印刷有限公司印刷

开本 787×1092 1/32 印张 4.5 插页 5 字数 59,000
2020 年 11 月第 1 版 2020 年 11 月第 1 次印刷
印数：00,001—11,000 册

ISBN 978-7-5327-8480-6/I·5211
定价：48.00 元